신조선전기 7권

초판1쇄 펴냄 | 2019년 02월 21일

지은이 | 다물
발행인 | 성열관

펴낸곳 | 어울림 출판사
출판등록 / 2009년 1월 23일 제 2015-000062호
주소 / 경기도 고양시 일산동구 무궁화로 43-55, 801호 (장항동, 성우사카르타워)
TEL / 031-919-0122
FAX / 031-919-0127
E-mail / 5ullim@hanmail.net

값 8,000원

ISBN 978-89-992-5302-7 (04810)
ISBN 978-89-992-4794-1 (SET)

O U L I M F A N T A S Y B O O K

물 역사판타지 장편소설

신조선전기

어울림

신조선 책사
新

목차

본 소설은 허구입니다. 실제적 역사나 사실과 다를 수 있습니다.

신조선책기

조선의 이름으로 그리고
라이트의 이름으로

"조선이라고?"

"예. 조선입니다. 조선에 가시면 제가 하늘을 나는 꿈을 이뤄드리겠습니다. 동력 비행기로 자유롭게 나는 꿈을 말입니다. 저는 두분의 꿈을 이뤄드릴 수 있습니다."

키티호크 해변에서였다.

사뿐히 내려앉은 글라이더 앞에서 윌버 라이트가 동생인 오빌과 함께 동양인 네사람을 만나고 있었다.

성한과 지연, 석천과 유정이 그들 앞에 있었다.

성한의 제안을 받고 윌버가 헛웃음을 지으면서 물었다.

"조선? 나는 잘 모르는 나란데, 어디에 있는 나라요?"

"일본과 청나라 사이에 있습니다."

"일본과 청나라 사이?"

"얼마 전에 일본과 전쟁을 치르기도 했죠."

"아, 고려! 고려라 말했다면 내 진즉에 알았을 거요. 헌데, 어째서 고려에 가면 동력 비행기를 만들 수 있다고 말하는 거요?"

월버가 조선으로 가야 하는 당위성을 묻자 성한이 대답했다.

"조선은 일본을 이기고 이제 막 여러 나라들과 견줄 수 있는 나라로 성장하고 있습니다. 직접 가보시면 절대 미국과 유럽인의 기준으로 미개하다 여길 수 없습니다. 그런데 편견이라는 게 무섭더군요. 그래서 조선에서 동력 비행기를 날려주신다면 조선은 국위를 유럽으로부터 인정받을 수 있습니다. 이를 위해 우리는 두분에게 전폭적인 지원을 해드릴 수 있습니다. 쓰고 싶은 자재나 부품 등으로 말입니다. 그럴 수 있는 공업력을 조선은 갖추고 있습니다."

성한의 말에 월버가 고민했다.

그때 성한이 다시 말했다.

"어차피 두분을 돕거나 투자하는 회사도 없는데, 이렇게 힘들게 동력 비행기를 제작하지 마십시오. 쉬운 길이 있습니다. 세계 최초의 동력 비행기를 만드신다면 그 타이틀 또한 조선이 아닌 두분이 가져가실 겁니다."

성한의 마지막 제안에 월버가 고개를 끄덕이면서 이해했다. 그러나 그의 눈빛엔 여전히 의심이 가득했다.

조선의 국력이 진짜인지, 성한에게 그럴 수 있는 능력이 있는지 궁금했다. 의심 가득한 말투로 윌버가 물었다.

"댁이 하는 말은 이해가 되오. 그러나 조선이 그런 공업력을 지닌 나라인지는 의문이 드오. 그리고 나에게 투자해 줄 수 있는 능력이 있다는 것도 쉽게 믿어지지 않소. 물론 입고 있는 옷이 매우 비싸 보이지만 그것이 변장일 줄 누가 알겠소? 이것은 내가 동양 나라와 사람들에게 편견을 가지고 있어서가 아니라 그저 내 앞에 서 있는 사람들이 낯설기 때문이오. 무엇을 근거로 내가 믿어야겠소?"

윌버의 물음에 성한은 공감한다고 말했다.

"공감합니다. 그래서 조선의 국력이 어느 정도인지 증명할 수 있는 사진 몇 장을 가지고 왔습니다. 연락선을 통해 얻은 몇 장의 사진인데, 여기 미국에서 발행된 신문도 있으니 보시기 바랍니다. 충분히 두분을 도와드릴 수 있습니다."

성한이 건네주는 사진과 신문을 윌버가 받았다. 윌버는 사진을 통해 자동차가 도로 위를 다니고 열차가 철로 위를 달리는 조선의 모습을 확인했다. 다른 사진에는 제철소와 철교 건설을 이루는 모습이 담겨 있었다.

미국에서 발행된 신문에는 조선에 건설된 포드모터스 공장에 관한 기사와 포드모터스와 협업하던 조선 회사들이 자동차 제작을 선포한 사실이 기사로 쓰여 있었다.

사진을 확인한 후 윌버는 조선이 어떤 나라인지 알게 되었다. 조선에 대한 의심이 거둬졌을 때, 성한이 석천으로부터 가방 하나를 받았다. 그 가방에는 어떠한 문서가 담겨 있었다. 문서를 본 윌버가 떨리는 목소리로 물었다.

"뭐요? 이건……?"

성한이 대답했다.

"저에 대해서 조금 알려드리는 겁니다. 그 문서 안에 담겨 있는 것은 앞으로 세계 최초로 하늘을 날게 될 동력 비행기의 설계도입니다. 아직 만들어진 적은 없지만 분명히 날 수 있습니다. 의심이 간다면 직접 검토해보십시오. 그리고 저는 그런 것으로 두분을 도울 수 있습니다."

"……."

"숙소를 알려드릴 테니 결정이 나면 연락해주십시오. 그럼, 기다리겠습니다."

문서를 받자 성한이 숙소의 주소를 알려줬다. 그리고 성한은 윌버와 오빌에게 인사하고 마차로 향했다.

지연과 석천과 유정도 성한을 따라 움직였다. 석천이 걱정스러운 표정으로 성한에게 말했다.

"우리에게는 별것 아니지만 이 시대에서는 시대를 앞선 항공기 설계도입니다. 혹, 발설하지 않겠습니까?"

그리고 성한이 고개를 가로저으면서 말했다.

"동력 비행기를 날리고 싶어서 안달난 사람들인데, 자기들이 취했으면 취했지, 다른 사람들에게 알리고 그것을 공개할 사람들은 아닙니다. 문서를 확인해보고 내일쯤에 연락이 올 겁니다. 일단 숙소로 갑시다."

"예. 과장님."

성한은 연락이 올 것이라 예상하면서 마차 위에 올랐다.

그리고 키티호크 마을의 중앙에 위치한 숙소로 향해서 달렸다.

길이 흙길이라 마차가 덜컹거렸다. 창밖을 보던 성한의 몸이 들썩였고, 지연은 성한의 주머니에서 뭔가 불룩하게 튀어나온 것을 보았다. 몇 번 더 흔들렸다간 주머니에서 빠져나와 의자와 바닥으로 떨어져 내릴 것 같았다. 그때 성한이 몸을 움직였다.

"거의 다 왔어."

"숙소?"

"그래. 저 숙소야."

"……."

성한이 가리킨 방향으로 지연이 자연스럽게 눈길을 옮겼다. 지연은 키티호크 마을 중앙에 위치한 숙소를 보면서 참으로 여유로움이 넘쳐날 것 같은 호텔이라고 생각했다. 호텔 문 앞에서 마차가 섰고, 성한과 지연은 석천과 유정과 함께 직접 짐을 내렸다.

뉴욕이나 워싱턴D.C처럼 문 앞을 지키는 직원은 없었다. 이들은 짐을 들고 2층으로 올라갔다. 성한과 석천이 한방을 쓰고, 지연과 유정이 한방을 쓰는 것으로 각자의 방에 짐을 풀었다. 짐을 풀다가 성한의 주머니에서 작은 함이 떨어졌다.

"……?!"

석천이 떨어진 함을 보고 조심히 성한에게 물었다.

"설마 오늘입니까?"

"……."

"말씀하셔도 됩니다. 비밀을 지킬 테니까 말입니다."

석천의 물음에 성한이 한숨을 쉬면서 대답했다.

"꼭 오늘은 아니에요. 다만 혹시나 해서 갖고 있는 거죠. 언제 도둑같이 찾아올지 모르니까. 그때 해보려고요."

"결심은 서셨나봅니다."

"예. 그러니 많이 응원해주세요."

그동안 지내왔던 것을 생각하면 아무 것도 아닌 일일 수도 있다.

그러나 말 한마디에 관계가 바뀔 수도 있다. 그리고 그 관계가 원하지 않는 방향으로 변할 수 있다. 일말의 가능성이 불안감을 낳았다. 그런 성한의 마음을 석천이 붙들어줬다.

"걱정하지 마십시오. 될 겁니다."

그 말에 성한이 고개를 끄덕였다.

네사람은 저녁에 모여서 식사를 했고 호텔의 요리사와 종원원들에게 넉넉한 팁을 주면서 극진한 대접을 받았다. 돈 앞에서는 결코 인종차별이 없었다. 그 후, 성한을 비롯한 네사람은 식사를 마치고 방으로 돌아온 뒤 편하게 쉬었다.

멀리서 들려오는 파도 소리를 배경 삼아 지연은 책을 읽었고, 유정은 가지고 온 무기들을 손질하며 만약의 상황을 대비했다. 그리고 석천도 마찬가지로 무기를 살폈다. 성한은 침대에 누워 머리를 짜내면서 온갖 작전을 떠올렸다.

'어떻게 하지? 어떻게 해야 놀라운 감동을 줄 수 있을까? 혹시, 거절하는 거 아냐?'

석천이 말했음에도 괜히 불안감이 몰려왔다. 때문에 고개를 흔들면서 몰려오는 걱정을 떨쳐내려고 했다. 그리고 이번에는 잠이 몰려왔다.

침대에 누워서 생각하는 것이 아니었다. 눈을 감았다가 떴을 땐 이미 아침이 찾아와 있었다. 성한은 일어난 후 머리를 쥐어뜯으면서 한숨을 푹푹 쉬었다. 아무것도 준비하지 못하고 하룻밤을 그냥 보냈다. 미리 일어나서 방을 지키던 석천이 성한이 일어남에 아침 인사를 했다.

"너무 곤하게 주무셔서 깨울 수 없었습니다. 혹, 제가 잘못을 한것은 아닌지……."

"아니에요."

"그러면 괜찮습니까?"

"괜찮아요. 어차피 밤에 뭔가 할 수 있었던 것도 없었으니까요. 지연에게 말할 수 있을 때는 반드시 있을 거예요."

성한은 긍정적으로 생각하며 하루를 시작하려 했다. 침대에서 일어나서 씻은 후, 옷을 갈아입지 않고 잔 탓에 쭈글쭈글해진 옷을 바로 펴고 매무새를 정돈했다. 그리고 아침식사를 하기 위해 식당으로 향했다.

식당으로 가니 지연과 유정이 먼저 나와서 식사를 하고 있었다. 성한은 지연으로부터 밤에 잘 잤냐는 인사를 받았다. 그는 고개를 끄덕이면서 접시에 빵과 잼, 계란 프라이와 베이컨을 올렸다. 식사를 하던 중, 호텔 종업원이 갑작스레 성한을 찾았다.

"존스씨."

"예?"

"로비에서 존스씨를 찾으시는 분이 계십니다. 혹시 연락 닿으신 분입니까?"

"아, 예. 혹시 라이트씨인가요?"

"예. 식사 중이라고 전해드리겠습니다."

"아닙니다. 지금 가겠습니다. 감사합니다."

사람이 왔다는 사실을 알려준 종업원에게 성한은 고맙다는 말을 전했다. 남은 베이컨을 재빨리 먹고 물을 마신 뒤 하얀 수건으로 입가를 닦았다. 그리고 로비로 향했다.

로비엔 윌버 라이트와 오빌 라이트가 함께 있었다. 두사람의 표정은 상기되어 있었다. 성한이 손을 내밀면서 먼저 인사했다.

"오셨군요. 제가 드린 설계도는 도움이 되었습니까?"

그의 손을 잡으면서 윌버가 되물었다.

"도움 차원을 넘어섰소. 어디서 구한 설계도요? 정녕 존스씨 머릿속에서 나온 설계도요?"

"제가 생각한 것이 아닙니다."

"그러면?"

"조선의 연구원들이 생각한 것이지요. 하지만 생각만 했을 뿐 그대로 만든 적은 없습니다. 보완해야 할 부분도 많고요. 그래서 미국에서 동력 비행기를 연구하는 두분을 찾아뵌 겁니다. 함께라면 인류 최초로 동력 비행기를 만들 수 있을 것 같은데, 어떻습니까?"

성한이 의사를 물었고, 오빌이 나서서 그에게 말했다.

"최초의 동력 비행기를 만들었다는 명성은 저와 제 형이 가져갈 겁니다."

성한이 미소를 지었다.

"물론입니다. 그리고 조선은 두분을 지원한 나라, 저는 두분을 지원한 투자자가 될 것입니다. 함께할 수 있어서 영광입니다."

"나야말로 영광이오."

다시 악수하면서 거래의 성사를 이뤄냈다. 윌버와 오빌의 눈 밑에는 검은 기운이 가득했다. 두사람은 밤새 설계도를 살피느라 제대로 잠을 이루지 못한 것 같았다.

성한은 호텔에서 두사람이 쉴 수 있도록 방을 잡으려 했다. 그러나 둘은 해변 근처에 위치한 자신들의 집에서 쉬겠다고 말했고, 취침 후에 짐을 챙겨서 나오겠다고 말했다. 성한이 두사람에게 조선으로 가는 방법을 알려줬다.

"기차를 타고 샌디에이고로 가서 대한해운사의 사장을 만나십시오. 그러면 해운사의 사장이 조선으로 향하는 배편을 마련해줄 겁니다. 그리고 조선에 도착하면 모든 것이 준비되어 있습니다. 가셔서 꿈을 이루시길 바랍니다."

힘들게 동력 비행기를 연구하던 두사람에게 내려진 빛인 것 같았다.

그 빛을 향해서 윌버와 오빌이 함께 걸으려고 했다. 성한이 샌디에이고로 향할 여비를 주자 윌버가 그것을 받으며 고마워했다.

"정말 고맙소."

"천만입니다."

"조선에 도착하면 연락하겠소. 우리에게 이런 기회를 줘서 정말 고맙소."

몇 번이나 감사를 표하고 호텔을 나서면서 집으로 향했다. 짧은 단잠을 자고 나면 짐을 싸서 무사히 샌디에이고에 이르고 조선에 도착할 것이라고 생각했다.

그렇게 최초의 동력 비행기를 제작하는 라이트 형제를 조선으로 영입했다. 식당으로 돌아와서 커피를 마시고 있는 지연과 석천을 봤다. 지연이 성한에게 이야기가 잘 됐는지 물었다.

"잘 됐어?"

"그럭저럭?"

"라이트 형제는?"

"갔어. 아마도 내일쯤에 짐을 싸서 조선으로 갈거야."

"그러면 뉴욕으로 돌아갈 거야?"

"아마도? 가서 할 일이 있으니까 가급적 빨리 돌아가는 게 좋을 것 같아."

성한의 대답을 듣고 석천이 눈을 감았다.

유정은 다소 인상을 쓰고 있었고, 그런 그녀를 보고 성한이 눈치를 살폈다. 지연이 다시 성한에게 말했다.

"하루 더 있다 가지?"

"뭐?"

"휴양이잖아. 난 휴가라고. 혹시 바로 가야 할 정도로 급한 일이야?"

"그건 아니지만……."

"그럼 여기서 하루 더 지내. 그러면 좋을 것 같아."

키티호크에서 좀 더 지내자는 지연의 말에 성한이 고개를 끄덕였다.

"좋아. 그럼 그렇게 해."

지연의 말을 들어주면서 하루 더 묵기로 했다. 성한은 로비로 가서 하루 더 대실할 수 있는지를 물었다. 가능하다는 직원의 말에 그는 기본금을 결제한 뒤 하루 더 대실했다. 성한이 돌아와서 지연에게 말했다.

"하루 더 지낼 수 있어."

"그래? 그럼 나갈까?"

"그래."

지연이 몸을 일으키자 따라 석천과 유정도 일어났다. 네 사람은 함께 식당에서 나왔다. 그러나 성한이 로비로 향할 때는 오직 지연만이 그를 따르고 있었다.

석천과 유정은 두사람으로부터 거리를 벌린 상태였다.

그 모습을 보고 성한이 의아한 표정을 지었다.

"음?"

지연이 성한의 팔을 붙들면서 말했다.

"두사람에게 쉬라고 내가 말했어. 설마 여기서 큰일이라도 나겠어? 분대장님과 유정이도 쉬어야지."

"어, 어……."

밖으로 성한을 밀면서 지연이 석천과 유정을 슬쩍 쳐다봤다. 두사람은 저녁 때 보겠다는 이야기를 했고, 성한과 지연이 사라지자 한숨을 쉬었다.
석천이 고개를 절레절레 흔들었다.
"망했군, 망했어."
"어제부터 알고 있었습니다."
"그러니까. 이제 뭘 해도 놀라지는 않겠군."
"그래도 상관없다고 생각합니다. 미리 안다고 해서 받아들이지 못할 관계는 아니니 말입니다. 어떤 식이 되었든 두 사람이 가진 사랑의 본질은 바뀌지 않습니다."
유정의 이야기를 듣고 석천이 그녀를 보면서 물었다.
"자네라면 이벤트를 망쳐도 청혼을 받아들일 건가?"
"예."
"자네 같은 여성과 결혼해야 돼. 행복한 가정을 꾸리려면 말이야. 자네는 본질을 볼 줄 아는 여성이야."
석천의 칭찬에 유정이 고개를 숙였다.
그리고 입을 다문 채 천천히 자신의 방으로 돌아갔다. 사랑하는 사이라면 함께 차 한잔을 마셔도 평안하고 행복할 수 있었다.
성한과 지연은 서로를 너무 잘 알고 있었다. 서로에게 좋은 점과 나쁜 점까지 모두 알고 있었다. 그렇기에 부정적인 부분에 있어서 서로 인내할 수 있겠다는 생각이 들었다.
성한과 지연은 함께 키티호크 마을길을 걸었다. 마을 주민들의 관심을 즐기면서 한적해 보이는 마을 풍경을 감상하고 나무 아래 의자에 앉아 바다를 감상했다.
바람이 불자 지연의 모자가 떨어졌다. 성한이 허리를 굽

혀서 모자를 주워줬다. 지연은 그에게 고맙다고 말했고, 성한은 묵묵히 앞만을 봤다.

머릿속이 복잡해져서였다.

'예상 못했는데 이거… 하루 더 묵게 되다니… 저녁에는 결판을 내야 하는데, 어떻게 전해주지?'

하마터면 손이 주머니로 갈 뻔했다. 괜히 주머니로 갔다가는 지연의 시선을 끌어서 그녀를 위해서 준비한 것들을 모두 망칠 수도 있었다. 살면서 이토록 긴장되고 숨 막히던 순간은 없었다. 머리로는 별일 아니라고 생각하면서도 가슴은 이미 심장을 토해낼 것처럼 뛰고 있었다.

지연이 성한을 보면서 물었다.

"더워?"

"어, 어?"

"웬 땀을 그렇게 많이 흘려?"

지연의 말에 성한이 놀라 관자놀이에서 흘러내리는 땀을 닦아주었다.

그리고 목에 어색하게 힘을 주면서 말했다.

"더운가? 왜 이렇게 땀이 나지? 후우……."

심호흡하는 성한을 보고 지연이 웃었다.

"풉."

"……?"

"푸하하하. 웃겨. 너 정말, 이렇게 새가슴이었어? 진짜 웃긴다. 아하하하~!"

"……?"

지연은 배를 잡고 넘어가려고 했다. 그런 지연의 모습을 성한은 전혀 눈치채지 못했다. 땀 흘리는 모습이 그렇게 웃겼나 싶었다. 그때 등골이 서늘해지면서 식은땀이 흘러내렸다.

"줘."

"뭘?"

"달라고. 주머니 속에 있는거. 분명히 저녁에 어떻게든 내게 주려고 한거 아냐? 나 놀라게 만들고 감동 주려고 온갖 수를 다 생각하면서 말이야."

"……?!"

"어차피 일정이 갑자기 바뀌어서 준비도 제대로 못했을 텐데, 그냥 줘. 달라지는 것도 없으니까. 빨리 줘."

"……."

지연의 말에 성한은 눈을 껌뻑였다. 몇 초 동안 그녀의 얼굴을 보다가 멍한 기분으로 주머니에 있던 작은 함을 꺼내 지연에게 보여줬다. 그러자 왼손을 들어 보이면서 그녀가 말했다.

"끼우는 것은 네가 해줘."

"어……."

함을 열고 안에서 반짝이는 반지를 꺼냈다. 그리고 왼손 약지 끝에 다이아몬드가 끼워진 금반지가 걸렸다.

반지가 끼워질 때 지연의 얼굴은 빨개져 있었다. 그저 단순하게 친구에서 혼인을 약속한 관계로 다시 돌아가는 것이라고 생각했다.

그러나 그게 아니었다. 차분했던 심장이 다시 날뛰기 시작했다. 닫혀 있던 입술이 계속 움찔거렸고 서로를 보는 눈동자가 흔들렸다.

잊고 있었던 감정이 도둑같이 찾아왔다.

"뭘 그리 긴장하는 거야?"

"넌 안 긴장해?"

"안 긴장해."

"웃기고 있네. 내가 반지 끼울 때부터 손을 떨었구만. 이제부터는 솔직해져봐. 나도 거짓말 안 할 거니까. 이 순간부터는 너랑 나 사이에서 거짓은 없는 거야."

"그래……."

서로에 대한 배려는 있을지언정 사소한 감정에서부터 솔직하기로 마음먹었다. 성한이 지연의 손을 잡고 어루만졌다. 어깨가 더 가까워졌고 서로 같은 방향을 향해서 시선을 두었다.

"파도 한번 예쁘네."

"그러게."

시간을 되돌려 과거에서 함께 미래를 약속했다. 그 미래는 행복과 고난과 인내와 번영이 함께하는 미래였다.

그 미래를 함께 견디고 누리려고 했다.

* * *

성한으로부터 제안을 받은 라이트 형제는 집에서 짧게 잠을 자고 난 후 짐을 싸서 키티호크를 떠날 준비를 했다. 창고에 글라이더를 넣어두며 추억 어린 시선으로 잠시 바라봤다. 그리고 문을 닫은 뒤 단단한 자물쇠를 채웠다. 형인 윌버가 오빌에게 물었다.

"자료는 다 챙겼어?"

"챙겼어."

"그럼 가자."

마을에 대기하고 있는 마차를 찾아서 타고 노퍽으로 향했다. 그리고 그곳에서 며칠에 걸쳐 기차를 타고 미국 서부에 도착했다.

라이트 형제는 샌디에이고에서 성한이 말한 대한해운사 사장을 만났다. 그로부터 미리 연락받았다는 이야기를 듣고 조선으로 향하는 여객선에 몸을 실었다.

야자나무가 가득한 하와이를 지나 전화에서 벗어난 일본 동경에 이르렀다. 그리고 부산에 도착해 콘크리트로 단단하게 지어진 부두 위에 올라섰다.

라이트 형제가 주위를 돌아보며 부산의 풍경을 살폈다. 멀지 않은 곳에 부산의 지명 자체인 산들이 있었고, 그 앞으로 초가집과 기와집, 콘크리트로 지어진 건물이 있었다. 5층이나 되는 건물도 보였고, 그 옆으로 그 정도 높이가 되는 건물이 있었다.

기차가 지나는 철로도 멀리서 보였다. 항구 근처에 위치한 부산역 역사가 두사람의 눈에 들어왔다.

조선은 결코 미개한 나라가 아니었다.

"여기가 조선이군."

"사진 그대로야, 형."

진보한 나라였고 계속 발전하는 나라였다. 그리고 마차가 있었지만 포드퍼스트와 전차가 길 위로 다니는 나라였다. 그 모습은 마차밖에 없는 키티호크보다 훨씬 발전된 것처럼 보였다.

그런 조선을 감상하는 두사람에게 양장을 입은 조선 관리들이 다가왔다. 윌버는 그들이 자신을 데리러 온 사람들이라는 것을 알았다. 관리들 중 키가 큰 사람이 형제의 앞에 섰다. 그가 윌버에게 손을 내밀면서 인사했다.

"윌버 라이트씨입니까?"

"그렇소."

"반갑습니다. 저는 조선의 과학기술부 대신 박은성이라고 합니다. 이번에 소식을 받고 이렇게 라이트씨를 모시기 위해 마중 나왔습니다. 오시는 동안 힘드시진 않았는지요?"

"항해가 길어서 지치기는 했소."

"부산에서 쉬셨다 가시면 좋겠지만, 한양에 가시면 좋은 숙소에 묵으실 수 있도록 해놓았습니다. 열차를 준비시켰으니 조금만 힘내주십시오. 제가 모시겠습니다."

그는 영어에 능통했다. 자신을 영어로 '장관'이라고 말한 박은성이 라이트 형제를 직접 챙기자, 윌버는 작은 나라라도 자신을 존대해준다는 생각에 크게 만족했다. 그리고 동생인 오빌과 함께 부산역으로 향해서 기차 객차에 몸을 실었다.

이들은 열차를 타고 한양이라 불리는 한성으로 향했다. 이윽고 서울역에서 내려 숙소에 짐을 풀고 하룻밤을 편하게 보냈다.

형제는 늦은 아침에 일어나 한양의 풍경을 살폈다. 곳곳이 공사 중인 모습을 보고 10년이 지나면 매우 발전하겠다는 생각을 했다.

커피를 마시면서 테라스에서 조선인들을 구경하고 있을 때, 문에서 소리가 나면서 안으로 과학기술부에서 온 관리가 들어왔다. 그가 윌버와 오빌에게 만나야 할 사람이 있음을 알려줬다.

“전하께서 입궐을 명하셨습니다. 두분을 보시길 원하십니다. 복장을 경건하게 해서 숙소 문 앞으로 나와주십시오.”

조선의 왕이 직접 보길 원한다는 말에 긴장과 기대가 함께 몰려왔다.

옷을 잘 차려 입고 숙소 정문으로 향하자 앞에 대기하고 있던 포드퍼스트가 보였다. 운전기사가 문을 열어주며 윌버와 오빌이 탈 수 있게끔 배려를 해주었다.

형제는 운전기사의 행동에 대접 받고 있음을 느꼈다. 전날에도 포드퍼스트를 타긴 했지만 그 차가 제대로 움직인다는 생각에 윌버의 생각이 입 밖으로 튀어나왔다.

“수입한 건가……?”

조수석에 탄 과학기술부 관리가 말했다.

"조선에서 만든 것입니다."

"조선에서? 조선에 지어진 공장에서 말이오?"

"예. 그리고 많은 부품을 조선에서 생산합니다. 미국에서 생산해 가지고 오는 것보다 싸니 말입니다. 앞으로 조선에는 자동차가 많이 다닐 겁니다."

박은성과 마찬가지로 영어에 능통한 관리였다. 그는 천군이라 불리는 무리 속에 있던 관리였고, 라이트 형제는 그가 어디에서 왔는지 모르고 있었다. 그저 관리의 이야기를 들으면서 조선이 가진 국력과 잠재력만을 들었다.

형제는 광화문 앞에서 하차했다. 궁궐 문 앞에서 윌버와 오빌이 고개를 들어 현판을 구경했다. 단청 문양을 살피다가 관리의 안내를 받으면서 경복궁 안으로 들어갔다.

넓은 마당에 우뚝 서 있는 근정전을 보면서 그들은 입을 벌렸다. 미국에서 느낄 수 없는 신비로움과 당당함을 느끼며 층 계단을 올라가 정전 안으로 들어섰다.

용상 위에 이희가 앉아 있었다. 궁내부 관리로부터 미리 교육을 받은 윌버와 오빌이 고개를 숙이면서 왕에 대한 예의를 나타냈다.

"만나 뵙게 되어 영광입니다. 전하."

또렷하지 않은, 이방인 특유의 억양을 가진 조선말이 나왔다. 이희 또한 두사람에게 인사했다.

"만나게 되어서 반갑다. 과인이 이 나라 조선의 군왕이다."

역관이 이희와 라이트 형제 사이를 통역했다. 통역을 듣고 윌버와 오빌이 주변을 살폈다. 높은 단상에 위치한 왕좌 아래에 서양 귀족과 같은 제복을 입은 두사람이 있었다.

한사람은 윌버와 라이트가 아는 사람이었다. 김인석과 박은성이 함께 있었다. 두사람을 보고 있을 때 이희가 물었다. 역관이 그의 말을 영어로 통역했다.

"조선에 온 이유를 과인이 알고 있다. 동력 비행기를 만들고 싶다고 들었다. 맞는가?"

이희의 위엄이 두사람에게 전해졌다. 그의 물음에 윌버가 오빌을 한번 쳐다보고 대답했다.

"예. 전하. 저희는 세계 최초로 동력 비행기를 만들 수 있기를 원합니다. 조선에서 비행기 제작에 관해 도움 받을 수 있다고 들었습니다."

"나라 차원에서 도울 것이다. 이에 대해서 아는가?"

"그렇게 짐작되는 이야기를 듣고 제안을 받았습니다."

"제대로 돕기 위해서 국영 회사를 세울 것이다. 그리고 회사의 기술 책임자로 두사람을 고용하고자 한다. 혹, 경영에 자신은 있는가?"

이희가 윌버와 오빌을 번갈아보면서 물었다. 두사람은 서로를 쳐다보고 잠시 생각했다.

비행기 제작에 매진하기 전에 자전거를 제작하며 생계를 꾸린 적이 있었고, 브랜드화해서 나름 쏠쏠하게 수익을 챙겼다. 그 수익으로 동력 비행기 개발에 뛰어들었다.

장사는 곧 경영이었다. 두사람은 그 경험을 가지고 있었다. 윌버가 자신 있게 말했다.

"자신 있습니다."

"허면, 조선에서 회사를 설립해줄 테니, 회사 순수익의 5푼을 지분으로 가져가는 것에 대해서는 어찌 생각하나?"

"만족합니다. 다만 전하께 부탁드리고픈 것이 있습니다."

"무엇인가?"

"회사명을 저희들의 성으로 하고 싶습니다. 조선에서 최초의 동력 비행기가 날지만, 그것을 개발하고 하늘에 띄운 것이 저희들이라는 것을 세상에 알릴 수 있기를 원합니다. 저희가 원하는 것은 역사입니다."

윌버의 이야기를 듣고 이희가 미소를 지었다.

그리고 이내 고개를 끄덕이면서 대답했다.

"그대들은 역사를 가지고, 조선은 실리를 가지겠다. 그리하라. 그리고 라이트 항공기 제작 회사를 세계 최초, 최고의 회사로 만들라. 과인이 조선을 대표해 명을 내리노라. 최선을 다해 동력 비행기를 만들라."

"예. 전하."

이희가 회사명을 '라이트'로 쓸 수 있도록 윤허했다.

이어 김인석과 박은성에게 어명을 내렸다.

"부총리와 과학기술부 대신은 두사람의 연구를 전폭적으로 지원하라. 또한 국영회사 기술자와 경영인으로 고용하라."

"어명을 받들겠습니다. 전하."

그로써 라이트 형제가 조선에서 항공기 제작을 벌일 수

있게 되었다.

김인석이 산업부 대신 서리를 맡았던 장성호를 대신해 조선산업은행을 통해서 '라이트 항공'을 설립했고 윌버와 오빌을 사장과 부사장에 취임시켰다. 그리고 박은성이 세상 어디에서도 구할 수 없는 자료들을 두사람에게 주면서 동력 비행기 제작을 도왔다. 자료를 받은 윌버가 오빌과 함께 연구실에서 논의했다.

라이트항공사 본사는 한양에 있었고, 연구소는 원산에 위치했다. 두사람에게는 가볍고 단단한 자재가 필요했다.

조선 과학기술부에서 라이트 형제를 도왔다. 박은성이 두사람에게 연구원들을 소개했다. 그중 한사람이 책임자였다.

"장현성이라고 합니다. 기계 공학이 전공인데 소재 공학까지 통달해서 크게 도움이 될 겁니다."

나이는 대략 30살 정도로 보였다. 박은성의 소개를 받아 장현성과 연구원들을 알게 됐고 악수를 하며 인사를 나눴다. 그리고 함께 동력 비행기를 제작하며 머리를 모았다. 장현성이 가지고 온 자료들이 있었다.

자료들을 보고 윌버와 오빌이 크게 놀랐다. 현성이 두사람에게 생각하지 못한 소재를 알려줬다.

"알루미늄을 합금하면 강철만큼 단단해집니다."

"정말이오?"

"예. 그리고 무게도 가볍습니다. 목재와 천만큼 가볍지는 않지만 단단한 만큼 훨씬 안정적으로 쓸 수 있습니다. 저는

알루미늄 합금을 사장님과 부사장님께 추천합니다."

현성의 의견을 듣고 두사람이 다시 자료를 살폈다. 표에 여러 재료들이 기록되어 있었고, 원료와 합성에 따른 무게와 강도가 쓰여 있었다. 그런 자료가 조선에 있다는 것이 믿어지지 않았다. 미국에서도 구하기 힘든 자료였다. 표를 보다가 오빌이 현성에게 물었다.

"안정적으로 강도를 확보할 수 있지만 무게는 분명히 나무와 천보다는 무겁소. 그러면 양력을 확보하기가……."

현성이 다시 말했다.

"추력으로 추가적인 양력을 얻을 겁니다."

"추력으로?"

"예. 강한 엔진을 탑재하는 겁니다. 그리고 마침 조선에는 포드모터스 공장이 있습니다. 연구소도 있어서 힘이 강한 엔진을 개발해달라고 부탁할 수 있습니다."

대답을 듣고 오빌이 헛웃음을 지었다. 마치 동력 비행기를 만들기 위해 모든 것이 준비되어 있는 것 같았다. 그리고 성한으로부터 제안 받았을 때도 그렇게 제안을 받은 것이기는 했다. 윌버는 현성을 신뢰해보기로 했다.

"표에 기록되어 있는 알루미늄 합금을 확인해보겠소. 무게와 강도가 적절하다면 이걸 비행기의 뼈대로 사용하겠소. 그리고 포드모터스에 힘이 좋고 가벼운 엔진을 주문하겠소. 엔진 성능을 확인한 뒤 설계도를 제작하겠소. 이를 따라주시오."

"예. 사장님."

조선에 오길 잘했다는 생각이 들었다. 키티호크에서 글라이더를 제작해 하늘에 띄울 때보다 더 큰 성과를 얻을 것 같았다. 제철소에 주문을 해서 알루미늄 합금의 무게와 강도를 확인했고, 현성이 준 자료의 수치와 일치한다는 것을 알게 되었다. 그리고 포드모터스에 엔진을 주문했다.

오빌을 통해 윌버가 주문한 엔진은 포드모터스에서 시험으로 개발한 엔진이었다. 자재와 엔진이 확보되자 현성과 힘을 합쳐서 설계도를 그리기 시작했다. 그 설계도는 과학기술부에서 제공해준 동력 비행기 개념도를 참고한 것이다. 사람이 탑승하는 긴 동체 앞에 스크류가 달려서 공기를 뒤로 날리며 앞으로 달려가는 개념이었다.

글라이더처럼 공기에 올라탈 수 있는 길게 뻗은 주익이 설계도에 그려졌고, 동체 후방의 양력을 받쳐주는 수평 미익과 방향을 꺾어주는 수직 미익이 설계됐다. 수평 미익은 통째로, 주익에는 보조날개가 설치되어 강철 케이블이 연결되는 식으로 설계됐다. 설계도를 완성하고 두사람은 만족스러워했다. 현성이 라이트 형제에게 말했다.

"설계도가 완성됐으니 엔진을 시험해봅시다. 주익을 뺀 상태에서 동체만 만들고 굴려보는 겁니다."

"알겠소."

날개를 뺀 상태에서 동체를 제작했다. 알루미늄 합금으로 무게를 최대한 줄이고 뼈대 강도를 확보했다. 그리고 포드모터스에서 개발을 막 끝낸 특별한 엔진을 받았다.

그 엔진은 피스톤이 상하로 움직이는 엔진이 아닌 좌우

양쪽에서 펌프질을 하는 엔진이었다. 구입한 엔진을 동체에 탑재하면서 오빌이 윌버에게 기대감을 나타냈다.

"한쪽에서만 누르는 것보다 양쪽에서 누르는 게 힘이 좋겠지?"

"그래. 그래서 이 엔진을 택한 거야."

"강한 힘으로 프로펠러를 돌리면 어느 정도 무거워진 비행기도 힘차게 날릴 수 있을 거야. 어서 동체를 굴려보자고."

기대감에 가슴이 크게 뛰고 있었다. 동체에 엔진 탑재를 마치고 제대로 작동할 수 있는지 한번 더 살핀 뒤 연료를 채웠다. 그리고 조선의 국영회사인 '조선화학'에서 만든 전지를 동체에 싣고 엔진을 가동했다.

사장인 윌버가 직접 타서 동체를 움직였다. 푸드득 하는 소리와 함께 프로펠러가 돌았다. 동체 뒤로 바람이 불기 시작하자 밖에서 엔진 상태를 살피던 현성이 조종석의 윌버에게 크게 외쳤다.

"이상 없습니다! 출력을 높이셔도 됩니다!"

현성의 외침을 듣고 윌버가 손으로 동그라미 신호를 보였다. 현성이 오빌과 연구원들과 함께 뒤로 물러났고, 조종석 옆의 작은 지렛대를 윌버가 당겼다.

엔진 출력이 높아지자 동체가 천천히 움직였다. 이후 조금씩 속도를 붙이면서 연구소에 깔린 활주로 위를 달리기 시작했다. 활주로는 콘크리트로 평탄하게 건설되어 있었다. 질주하는 동체를 보면서 오빌이 함성을 일으켰다.

"와! 잘 달린다!"

월버가 동체를 몰며 활주로 끝으로 달렸고 엔진 출력을 떨어트리면서 천천히 속도를 낮췄다. 그리고 엔진을 꺼서 동체를 완전히 세웠다. 현성이 준비한 포드퍼스트를 타고 오빌이 월버에게 달려왔다. 오빌은 조종석 아래에서 흥분된 목소리로 외쳤다.

"형! 해냈어!"

월버가 차분한 모습을 보이며 동체에 걸린 사다리를 타고 내려와서 말했다.

"날개를 달아보자. 오빌."

"그래, 형!"

동생의 어깨를 두드리면서 함께 기쁨을 나눴다. 그리고 현성과 연구원들과 함께 의지를 새로 다졌다. 이번에는 온전한 동력 비행기를 만들기로 했다. 동체에 주익과 수평 미익을 달고 나사를 조였다. 그리고 용접으로 접합부가 이어지게끔 했다.

보조날개와 미익에 케이블을 연결해서 조종간으로 작동 상태를 확인했다. 형제는 현성과 연구원들과 최종논의를 거친 뒤 드디어 동력 비행기를 하늘에 띄워보기로 결정을 내렸다.

라이트 형제가 조선에 온지 반년이었다. 연구소 활주로 끝에 온전하게 제작된 동력 비행기가 서서 이륙하기를 기다리고 있었다. 그 형태는 본래의 모습과 많이 달랐다.

그러나 이름은 '라이트 플라이어'호였다. 오빌이 직접 적색기를 내렸다.

“출발해! 형!”

조종석에 탑승한 윌버가 엔진을 최대 출력으로 높였다. 그러자 엔진에 달린 프로펠러가 고속으로 돌면서 앞의 공기를 빠르게 뒤로 날려 보내기 시작했다. 멈춰 있던 라이트플라이어호가 빠르게 활주로를 질주했다.

어느 정도 속도가 높아지자 윌버는 조종간을 끌어당기면서 기수를 조금씩 들어올렸다. 그러자 활주로에서 바퀴가 떨어지고 최초의 동력 비행기가 공중을 비상하기 시작했다. 오빌이 함성을 지르면서 크게 기뻐했다.

“해냈어, 형! 형이 날고 있다고! 라이트플라이어호가 날고 있어!”

현성과 조선인 연구원들도 크게 기뻐했다.

“해냈다!”

“사장님께서 해내셨어!”

‘조선에서 최초로 비행기를 띄웠다!’

본래의 역사를 알고 있었기에 그것이 뒤집어졌다는 사실에 통쾌함을 느꼈다. 조선에서 역사가 창조되고 있었다. 그러한 쾌감을 느끼며 비행하던 라이트플라이어호가 무사히 활주로에 착륙하는 것을 지켜봤다.

바퀴가 다시 활주로에 닿고 동력 비행기가 완전히 멈추자 대기하고 있던 윌버가 고함을 지르며 앞으로 달려갔다.

“해냈어! 형!”

현성과 연구원들도 함께 달려갔다. 그리고 조종석에 사

다리를 붙이고 땅에 내려서는 윌버의 몸을 들어올렸다. 높이 헹가래를 띄워주면서 목숨을 걸고 시험 비행을 벌여준 것에 대해서 감사를 나타냈다.

윌버는 최초의 동력 비행기를 만들고 그것을 타고 하늘을 날았다는 사실에 전율을 느꼈다. 그 여운이 가시지 않았다. 두발을 땅 위에 올리면서 윌버가 현성에게 감사를 나타냈다.

"정말 고맙소. 장소장과 조선인 연구원들이 아니었다면 오늘의 성과는 없었을 거요."

현성이 고개를 가로저으면서 대답했다.

"실력이 있어도 의지가 없고, 뛰어난 것을 만들어도 검증이 없다면 소용이 없습니다. 사장님께서 꿈을 가지시고 최초의 동력 비행기를 만들고자 하셨기에 지금 이 순간이 있습니다. 감사해야 할 사람은 오히려 저희들입니다."

현성의 말에 윌버가 더욱 고마움을 느꼈다. 둘은 서로를 쳐다보다가 함께 이룬 것으로 결과를 모았다. 그리고 윌버가 오빌에게 말했다.

"기자들을 불러. 최초의 동력 비행기를 날렸다고. 우리가 해낸 거야."

"그래! 형!"

인간의 지혜로 새처럼 하늘을 난 사실을 알리고자 했다. 연구원들과 함께 기쁨을 누리며 조선 내 각 신문사로 소식을 알리고 세상을 놀라게 했다.

놀란 기자들이 원산으로 몰려들었다. 그리고 경악한 공

사관원들이 라이트플라이어호의 실체를 확인하기 위해 라이트항공사의 연구소로 향했다.

활주로 측편에 비행 시범을 관람하기 위한 식장이 마련되었고, 공사관원들은 귀빈석 의자에 앉아 인류 최초의 동력 비행기에 대해 이야기를 나눴다. 그들은 조선에서 최초의 비행기가 날았다는 사실이 믿기지가 않았다.

“도대체 어떻게 조선에서 최초의 비행기를 날린 거요?”

“나는 정말 믿어지지가 않소. 미개한 동양 나라가 최초로 비행기를 날리다니…….”

“조선이 그렇게 미개한 나라는 아니지만…….”

어느 정도 조선에 대해서 인정하고 있었다. 그러나 그렇다고 해서 영국이나 프랑스와 같은 그들의 조국만큼 여기지는 않았다. 다른 나라에게 지배받아야 할 정도로 약하고 미개하다 여기지는 않았지만 그렇다고 해서 세상을 선도하는 나라와 같은 급으로 여기지도 않았다.

때문에 조선에서 세계 최초의 비행기가 날았다는 사실이 믿기지 않았다. 직접 봐야 믿을 수 있을 것 같았다. 그마저도 어떠한 조작이나 날조가 있는 것은 아닌지 의심했다. 그만큼 열강의 편견은 아직 지워지지 않았다.

그 전에 갑자기 동력 비행기가 개발됐다는 사실이 믿어지지 않았다. 하늘은 아직 미지의 세상이었다.

왕인 이희와 민자영이 함께 식장에 들어왔다. 활주로 너머 먼 곳에 원산 백성들이 나와서 관람을 하고 있었다. 그리고 왕이 행차했다는 이야기를 듣고 만세를 부르짖었다.

김홍집과 김인석, 안경수와 현흥택, 유성혁, 이원회를 비롯한 총리부 군부 고관들이 식장에 들어왔다. 동력 비행기 개발을 지원했던 박은성과 조정 각 부 대신들도 와서 하늘에 비행기가 비상하는 것을 보고자 했다. 그리고 동력 비행기를 개발한 라이트 형제와 현성을 만났다.

라이트항공사의 직원들을 만났고, 그들로부터 이희가 인사를 받았다. 사장인 윌버에게 이희가 물었다.

"직접 비행기를 조종했다 들었다. 이번에도 조종하는가?"

역관의 통역을 듣고 윌버가 대답했다.

"예. 전하."

간단한 대답은 직접 조선말로 했다. 그의 태도에 이희가 흡족한 미소를 보였다.

"만국에 하늘이라는 새 세상이 있음을 알리도록 하라."

"예! 전하!"

격려를 받고 단상 아래로 내려갔다. 이희는 단상의 의자 위에 앉아 윌버가 비행기를 타고 하늘로 날아오르기를 기다렸다. 그리고 활주로 끝에 선 라이트플라이어호를 봤다.

서 있던 비행기에서 푸드득거리는 소리가 일어났고, 이내 엔진음이 울려퍼지면서 앞으로 비행기가 달려가는 것이 보였다. 활주로를 달린 라이트플라이어호가 땅과 거리를 벌렸다. 하늘로 높이 날아오른 라이트플라이어호를 보고 백성들이 함성을 질렀다.

"떠… 떠올랐어!"

"공중을 난다!"
"조선에서 만든 동력 비행기가 하늘을 날고 있어!"
"조선이 해낸 거야!"
"와아아아아!"
환호하면서 남녀노소 가리지 않고 얼싸 안았다. 기뻐하는 백성들의 모습이 하늘을 나는 윌버의 눈에 들어왔다. 그가 손을 흔들어 보이자 땅에서 더 큰 함성이 일어났다.
신문 기자들이 연신 사진기로 라이트플라이어호가 비상하는 모습을 찍었다. 그리고 수첩에 자신들이 느낀 감상과 표현을 쓰기 시작했다.
귀빈석에 있던 공사관원들은 하늘을 나는 비행기를 보고 큰 충격에 빠졌다. 특히 대영제국의 전권공사인 조던은 영국보다 조선이 앞선 것이 있다는 사실에 할 말을 잃었다. 그는 하늘을 나는 비행기를 보며 혼잣말을 했다.
"조선에서 세계 최초로 비행기가 날다니……."
함께 있던 알렌이 공사들에게 말했다.
"조선에서 비행기가 날았지만 저것을 만든 것은 미국인이요. 윌버 라이트와 오빌 라이트, 그 두사람이 만들었소."
그 말을 듣고 서양의 공사들이 웃음 지었다.
"난 또, 조선이 우리를 앞선 줄 알았소."
"그러면 그렇지."
"조선이 어디서 감히."
이어 알렌이 다시 말했다.

"하지만 조선 회사에서 만들었소."

"……."

"내가 알기로 두사람이 최초의 동력 비행기를 만든 것은 사실이지만, 그것에 관한 모든 권리는 라이트항공사, 즉, 라이트항공의 최대주주인 조선산업은행 그리고 조선 정부에 있는 것이오. 또한 조선의 연구원들이 저 두사람을 도왔소. 이는 조선이 한것과 다를 바 없다는 이야기요."

알렌의 이야기를 듣고 공사들의 인상이 어두워졌다.

그들의 자존심에 대못이 박혔다.

'조선이 최초로 동력 비행기를 날리다니!'

'미국인들이 얻은 성과에 올라탄 것이지만 어떻게 조선이 이런 일을 벌일 수 있단 말인가?!'

'놈들은 이 일을 결과로 교만해질 것이다!'

더 이상 비하의 시선으로 하늘을 나는 비행기를 보지 않았다. 대신 조선의 기세를 어떻게 막을 것인가에 대해서 생각했다.

그러나 딱히 할 수 있는 것이 없었다. 이전에 무기 생산에 관해 항의를 하면서 생산을 중단시켰으나 그것에 관해서도 조선이 독자 무기 개발에 나서 성공했다는 이야기를 들은 상태였다. 어떤 무기로 개발됐는지는 몰랐지만 더 이상 애써 얕보려고 하지 않았다.

결국 조선을 인정할 수밖에 없었다. 싫고 자존심 상하는 일이라 하더라도 그렇게 할 수밖에 없었다.

김인석이 공사관원들의 반응을 살피고 미소 지었다. 이

희 또한 그 모습을 확인하면서 통쾌함을 만끽했다. 대신들의 반응을 즐겼다.

동력 비행기를 개발할 때, 이희는 그것이 필요한 이유를 알고 있었다. 그렇기에 그는 군부 인사들이 어떻게 생각하고 있는지가 궁금했다.

이희가 직접 현흥택에게 물었다.

“군부대신.”

“예. 전하.”

“조선에서 처음으로 날아오른 동력 비행기다. 어떻게 생각하는가?”

왕의 물음에 현흥택이 대답했다.

“대단합니다. 서양 제국도 이런 일을 벌인 적이 없는 것으로 알고 있사온데, 조선에서 최초로 이뤄졌다는 사실이 놀랍습니다. 또한 자부심을 느낍니다. 참으로 경하 드리옵니다. 전하.”

축하를 듣고 다시 물었다.

“군부대신으로서 저것에 대해서 어찌 생각하나?”

군부대신이라는 말에 힘이 들어가 있었다. 그제야 현흥택은 이희의 의도를 알아차렸다. 그가 하늘을 나는 비행기를 보면서 말했다.

“총으로 날아가는 새를 잡기는 매우 힘듭니다. 그리고 새보다 빠른 저 비행기를 맞추기도 힘들 겁니다. 저만한 크기를 지녔음에도 말입니다. 만약 저 비행기에 총을 단다면 하늘에서 땅으로 공격할 수 있습니다.”

대답을 듣고 이희는 미소를 지었다. 김인석도 환한 미소를 지으면서 선조들의 지혜가 없어서 조선이 망한 것이 아니라는 생각을 다시 한번 하였다. 신하의 유능함을 보니 그 기쁨을 이루 말할 수 없었다.

그러나 왕은 그 이상의 것을 알고 있었다. 이번에는 이희가 이원회에게로 시선을 돌렸다. 그러자 이원회는 기다렸다는 듯이 대답을 해왔다. 해군참모총장으로서의 생각을 이원회가 이희에게 밝혔다.

"큰 비행기에서 폭탄을 무더기로 떨어트릴 수도 있습니다."

"……?!"

이야기를 듣던 사람들의 머릿속에서 번개가 일어났다. 정신이 번쩍 드는 이야기를 하면서 어쩌면 비행기로 인해 전쟁이 새롭게 바뀔 것이라는 생각이 든 것이다.

이어 이원회가 이희에게 말했다.

"비록 신이 해군참모총장이지만 고지를 점령한 부대가 아래의 부대를 상대하기 쉽다는 것은 알고 있습니다. 그리고 하늘과 땅의 차이는 명백합니다. 하늘에서 포탄이나 폭탄을 떨어트리면 땅에서는 속수무책으로 공격을 받고 피해를 입습니다. 때문에 하늘을 장악하는 나라가 전승할 가능성이 높습니다."

그 말을 듣고 이희가 공감을 나타냈다.

"제독의 생각이 백번 지당하다. 그리고 군부대신의 생각도 마땅하다. 과인은 이제부터 하늘을 새로운 전장으로 삼

을 것이다. 군부대신은 이를 준비하라."
"어명을 받들겠습니다! 전하!"
명을 내리고 유성혁을 슬쩍 쳐다봤다. 이희는 그가 현흥택을 도와 공군 창설에 힘을 보탤 것이라고 생각했다. 그리고 건설교통부 대신을 쳐다보며 또 한번 물었다.
"건설교통부 대신."
"예. 전하."
"해군참모총장에 이어서 하고 싶은 이야기는 없는가?"
굳이 이원회가 한 이야기를 말하면서 물었다.
눈치를 살피던 김가진은 이원회가 말했던 큰비행기를 떠올리면서 말했다. 그가 말하는 것은 터무니없는 상상이었지만 미래였다.
"만약 큰비행기를 정말로 만들 수 있다면 많은 사람을 태우고 하늘을 오갈 수 있을 것 같습니다. 그리되면 조선에서 교통의 새 역사가 세워질 것입니다."
대답을 듣고 이희가 고개를 끄덕였다.
"경이 말한 바를 준비하고 대비하라. 그리고 그런 날이 가급적 빨리 올 수 있도록 라이트항공과 함께 힘쓰라. 조선의 후손은 하늘 길을 걸을 것이다."
"어명을 받들겠습니다! 전하!"
모든 이가 자부심과 희망에 차 있었다. 대신들의 얼굴에는 어떤 두려움과 긴장도 없었다. 그저 기쁨과 행복만이 한껏 묻어 있었다.
조선에서 인류 최초의 비행이 벌어졌다는 생각에 큰 자부심을 느꼈다. 그러한 자부심의 완성이 곧 사람들의 눈앞에 나타났다. 하늘을 날던 라이트플라이어호가 속도를 떨어트리며 활주로 위에 사뿐히 앉은 것이다.

그 모습을 지켜보던 백성들은 열띤 환호를 보냈다.

"이름이 뭐였지?!"

"윌버 라이트! 동생이 오빌 라이트라고 했어!"

"미리견에선 성이 뒤에 있으니 라이트 형제야! 라이트 형제가 조선에서 성공적으로 비행기를 날렸어!"

"두 미국인이 조선의 자존심을 세웠어!"

"라이트 형제, 천세! 라이트항공 천세!"

조선에 거주하면서 만세와 천세가 무언가를 경외할 때 쓰이는 단어라는 것을 알았다. 그리고 그 단어 앞에 자신들의 성이 붙어 있었다. 착륙한 윌버가 조선인들의 환호를 듣고 가슴 벅참을 느꼈다.

오빌은 조선인들이 자기 일처럼 기뻐해주는 모습을 보고 감동하였다. 그들에게는 조선이 마치 제2의 조국처럼 느껴졌다. 그들이 느끼는 감정을 이희와 대신들이 멀리서 알아차렸다. 김홍집이 이희에게 두사람을 위한 적절한 포상이 있어야 한다고 말했다.

"훈장 수여가 있어야 한다는 생각이 듭니다. 비록 저들이 미리견인이라 하더라도 말입니다. 저들이 얻은 성과는 조선에 크게 도움이 되고, 후대에 번영을 가져다 줄 일입니다."

김홍집의 이야기를 듣고 이희가 고개를 끄덕였다.

"엄연히 공이 있다. 부총리와 논의해서 두사람과 두사람을 도운 연구원들에게 훈장을 수여하라. 과인은 문무와 기술을 가리지 않고 조선에 공헌한 자를 포상할 것이다."

"성은이 망극하옵니다. 전하."

훈장 수여를 준비하라 명하자 이희의 명을 따라 김홍집이 김인석과 논의했다. 그리고 과학기술부에서 라이트 형제와 현성과 연구원들을 위한 훈장 수여를 준비했다.

조선의 국위를 드높이고 인류 최초로 하늘을 비행하는 동력 비행기를 제작했다. 그것은 온 세상을 뒤집을 만한 대사건이었다.

윌버와 오빌이 현성과 함께 근정전에 입전했고, 이희로부터 훈장 수여를 받았다. 왼쪽 가슴에 태극 문양이 새겨진 과학기술훈장이었다. 라이트 형제는 조국이 아닌 다른 나라에서 큰 영예를 얻었다.

이희가 친히 악수를 하며 그들을 격려했다.

"앞으로도 후대 번영을 위해 힘써달라. 조선은 라이트 형제의 공헌을 잊지 않을 것이다."

"감사합니다. 하지만 저희들의 능력으로만 이룬 것이 아닙니다. 온전히 전하께서 저희들을 지원해주셔서 이룬 것입니다."

라이트라는 성을 세상에 널리 알렸다. 그러나 그 이름을 받쳐주는 것은 조선이었다. 윌버와 오빌은 그 사실을 인정했다. 두사람은 이희의 은혜를 기억하면서 앞으로 조선과 미국을 위해, 인류를 위해 힘쓸 것이라고 다짐했다. 그리고 이희와 장현성이 악수하는 모습을 지켜봤다.

현성의 가슴에도 태극과학기술훈장이 달렸다. 이희가 현성에게 고마움을 표시했다.

"조선은 경과 연구원들을 잊지 않을 것이다. 돌아가게 되면 연구원들에게 금성과학기술훈장을 과인 대신 수여하라."

"예. 전하. 성은이 망극하옵니다."

태극은 최고 등급이었고 그 아래로 금성과 은성, 동성 훈장이 있었다. 정전에 불려오지 못한 훈장 수여자들은 현성이 이희를 대신해서 수여하기로 했다. 그렇게 훈장 수여가 이뤄지고 사진기를 든 기자들이 기사를 썼다.

비행기가 비상하고 이방인과 조선인이 힘을 합친 사실을 세상에 알렸다. 백성들은 기사가 실린 신문을 읽고 놀랐다. 그리고 기뻐했다. 조선에서 최초로 벌인 역사였다.

"영길리는 바다를 품었지만 우리는 하늘을 품었어!"

"조선에서 만든 비행기로 하늘 길을 열었어!"

"양이와 우리가 힘을 합쳤구나! 하하하하!"

때에 맞춰서 하늘에서 굉음이 일어났다. 부우웅 하는 소리가 한양 백성들 머리 위에서 일어났다. 기차에 탄 백성들이 창문 앞에 모였고, 서울역 밖에 세워진 자동차 창문 밖으로 사람들이 머리를 내밀었다. 그리고 한양 밖에서 농토를 살피던 농민도 고개를 들어 보였다.

하늘에서 굉음을 내는 새가 있었다. 멀어서 벌처럼 보였지만 그 새는 매우 컸고 빠르기까지 했다.

사람들이 소리치면서 환호했다.
"라이트플라이어다!"
"라이트 형제의 비행기야!"
"한양의 하늘을 날고 있어!"
"와아아아아~!"

동력 비행기가 조선의 하늘을 날고 있었다. 조종석에 타고 있던 오빌이 형이 봤던 세상을 보고 감탄하며 지상의 풍경을 감상했다. 모든 것이 작게 보였다. 그리고 인간의 보잘것없음을 느꼈다. 세상의 먼지처럼 보이는 인간이 꿈을 이루며 살고 있음을 느꼈다. 그러면서 다시 조물주의 위대함을 느꼈다.

한양의 하늘을 한번 돌고 원산으로 돌아갔다. 그리고 한양 상공을 지난 라이트플라이어호를 신문사 기자들이 다시 사진기로 찍었다. 기자들이 쓴 기사는 세계 곳곳으로 널리 퍼졌다. 시일이 지나서였다. 조선의 신문이 공사를 통해 세상 반대편까지 갔다.

건강이 나빠진 개스코인세실을 대신해 밸포어 백작인 '아서 밸포어'가 영국 총리가 됐다. 1903년 봄이었다. 밸포어에게 조선에서 발행된 신문이 전해져 그를 놀라게 했다. 신문을 가지고 에드워드 7세를 만났다. 에드워드 7세가 신문을 받아서 읽고 똑같은 반응을 보였다. 인상을 굳힌 에드워드 7세 앞에서 밸포어가 말했다.
"조선에서 동력 비행기가 날아올랐습니다."
"사실인가?"

"예. 폐하."

"그럴 리가. 미개한 동양 나라가 어떻게 글라이더도 아니고 동력 비행기를 날린단 말인가?"

"믿기 힘드시겠지만 사실입니다. 여러 방면에서 검증을 했고 동력 비행기가 조선에서 날아올랐습니다."

"바보 같은! 분명히 뭔가 있어! 어떤 나라가 조선을 돕지 않고선 있을 수 없는 일이야! 어떻게 조선에서 이런 일이……!"

기사를 읽다가 에드워드 7세가 쾌재를 부르듯이 크게 외쳤다.

"미국이군! 미국이 조선을 도왔어! 역시!"

그의 반응을 보고 밸포어가 말했다.

"미국이 조선을 도운 줄 알았지만 문의해본 결과 아닙니다."

"뭣이? 그게 무슨 뜻인가?"

"미국 정부가 관여한 일이 아닙니다. 최초의 동력 비행기를 날린 사람은 윌버 라이트와 오빌 라이트로 미국인이지만 미국 정부와 조선 정부와 협의해서 이룬 일이 아닙니다. 그저 조선 정부가 항공기 제작 회사를 설립하고 두사람을 경영인으로 영입한 것입니다. 때문에 두사람의 성과이기도 하지만 조선 정부의 성과이기도 합니다."

"……!"

"조선이 인류 최초의 동력 비행기를 날렸습니다."

"바보 같은!"

에드워드 7세의 신경을 긁는 몇 안 되는 나라였다. 그리고 대영제국의 국위에 흠집을 낸 유일한 동양 나라였다. 그는 그런 나라가 자존심을 세우는 일이 없기를 원했다.

그러나 조선의 국위에는 이미 기세가 실려 있었다. 세계 최초로 동력 비행기를 띄우는 일을 벌이면서 에드워드 7세의 심기를 크게 불편하게 만들었다. 독일과 프랑스와 오스트리아도 하지 못한 일을 이뤄냈다. 앞으로 조선이 어떤 식으로 목소리를 높일지 상상하는 것만으로도 치가 떨렸다.

그때, 밸포어의 비서가 찾아와서 긴급한 보고를 전했다. 보고를 들은 밸포어의 인상이 잔뜩 굳어졌다. 에드워드 7세가 물었다.

"무슨 보고인가?"

그리고 대답을 들었다.

"왕국인 조선이 제국 선포를 준비 중이라 합니다! 조선 국왕이 황위에 오르려 합니다!"

예정된 수순이었다. 그리고 누구도 막을 수 없었다. 새로운 강국이 탄생됐고, 그 나라는 열강 중에서도 가장 잠재력이 큰 나라였다. 불과 10년 전만 해도 식민지의 문턱에 섰던 나라였다.

"건방진! 감히 동방 소국 따위가 짐의 제국과 맞먹겠다는 것인가?!"

역사 고래로 제국을 칭했던 청나라와 전혀 달랐다. 그야말로 신생제국이었고, 많은 식민지에게 독립의 꿈을 심어 줄 수 있었다.

에드워드 7세의 관자놀이로 식은땀이 흘러내렸다. 조선의 제국 선포에 유럽의 강국이 크게 긴장했다. 그리고 그들은 나라의 국익을 계산하기 시작했다. 동력 비행기가 하늘을 날아오른 뒤로 백성들 사이에서 천심이 생겨났다.

그것을 따르는 것이 세상의 이치이며 순리였다.

새로운 길을 걷기 시작했다.

조선을 방문하고 놀라다

라이트플라이어호가 조선의 하늘을 비상했다. 그 비행기는 라이트 형제가 제작했지만 엄연히 조선에서 탄생된 소중한 자식과 같았다.

때문에 라이트플라이어호에 대한 백성들의 애정은 넘쳐났다. 하늘을 나는 라이트플라이어호를 볼 때마다 가슴에 큰 자부심이 새겨졌다. 그리고 더 이상 웅크릴 필요가 없다는 생각을 하게 됐다.

당당하게 조국이 어떤 나라인지 세상에 알리고 싶어 했다. 그 마음이 신문을 보던 백성들 사이에서 공유됐다.

"우리가 이긴 일본의 왕도 꼴에는 천황인지 뭔지라 칭했다는데, 우리 전하께서 폐하라 불리지 못할 이유가 없어."

"그래. 동서양을 막론하고 조선에서 최초로 동력 비행기가 날아올랐어. 우리가 서양보다 나은게 분명히 있다고."

"영길리도 제국이라 칭하고, 덕국, 아라사도 제국이라 하는데 우리나라가 못 할게 뭐야? 마땅히 제국이 되어야 해."

"옳소!"

양장을 입은 신지식인부터 안경과 갓을 쓴 선비까지 한 마음으로 이희의 칭제를 원했다. 그리고 그러한 민심을 확인하고 부응하려고 했다. 조정에서 이희에게 칭제를 건의했고, 이희 또한 이제는 때가 되었다고 생각했다.

근정전에서 이희가 큰 목소리로 선포했다.

"제국과 왕국의 차이는 어쩌면 그저 단어 하나의 차이 일지도 모른다! 중요한 것은 부국강병을 이루고 만백성이 평안하고 공정함 속에서 자유를 누리는 나라가 되는 것이다! 때문에 과인이 짐이라 칭한들 본질은 바뀌지 않는다! 그러나 왕국이 제국이 됨으로써 당당한 독립국임을 한번 더 세상에 선포할 수 있다. 또한 왕국이기에 서양 제국으로부터 조선이 하수로 여김을 받는다면 과인은 백성들을 위해서 마땅히 짐이라 칭할 것이다! 민의를 존중해 제국을 선포하는 바, 대신들은 이를 백성들에게 알려라! 택정된 길일에 과인은 황위에 오를 것이다! 이를 만국에 선포하라!"

"예! 폐하! 황은이 망극하옵니다!"

김홍집과 김인석 그리고 박은성과 이상재를 비롯한 대신들이 허리를 굽히며 어명을 받들었다. 그들 중 일부 대신은 눈물을 흘리면서 감격했다. 그리고 백성들에게 알렸다. 언론을 통해 건원칭제를 준비하고 있음을 알렸다.

백성들이 그 사실을 알고 기뻐했다.

"전하께서 칭제를 준비하신다니, 이제 우리나라도 제국이구나!"

"이제 서양 제국 놈들도 우릴 우습게 여기지 않을 거야!"

"하하하!"

"조선 제국 황제 폐하! 만세!"

흥분한 백성들이 벌써부터 황제 폐하라 부르면서 기뻐했다. 그리고 그 사실을 이희가 보고받았다. 백성들이 기뻐함에 이희 또한 기쁠 수밖에 없었다.

이희는 협길당에서 김홍집과 김인석을 만나 이야기를 나누었다. 황제 즉위식이 준비되고 있었다. 이희가 김인석에게 언제 즉위하면 좋을지를 물었다.

"과인을 짐이라 칭하기로 만민과 만국에 선포했다. 즉위식을 언제 거행하면 좋겠는가?"

그리고 대답을 들었다. 미리 생각해둔 것을 말하는 것이었기에 거침이 없었다. 김인석이 이희에게 말했다.

"10월 3일로 하소서."

"10월 3일?"

"10월 3일은 조선 이전의 옛 조선, 단군이 이 땅에서 나라와 민족을 세운 첫날입니다. 전하께서 황위에 오르신다면 더욱 특별한 날이 될 겁니다."

대답을 듣고 이희가 김홍집에게 물었다.

"총리는 어찌 생각하나?"
"동의합니다. 전하."
"이를 외국 공사관들에게 알려야겠군. 과인은 공사들을 당연히 초청할 것이고, 조선과 수교한 나라의 황실 혹은 왕실의 인사를 초청하고자 한다. 이에 대해서는 어찌 생각하나?"
두사람에게 동시에 물었다. 그리고 김홍집이 잠시 생각하다가 이희에게 전했다. 부정과 긍정이 동시에 섞여 있었다.
"아마 오기 힘들 겁니다."
"조선을 업신여기기 때문인가?"
"그런 이유도 있을 거라 여깁니다만, 문제는 거리입니다. 오기가 쉽지 않을 겁니다."
김인석이 이어 말했다.
"하지만 미리견은 기대하셔도 될 것 같습니다. 적어도 전하의 초청에 미 정부 고관이 조선을 방문할 수는 있을 겁니다. 미국은 제국은 아니지만 유럽 제국으로부터 인정받는 강국인 만큼 전하의 즉위를 인정할 수밖에 없을 겁니다. 미리견에 초청을 보내셔야 합니다. 신이 외부대신과 논의하겠습니다."
김인석의 이야기를 듣고 이희가 고개를 끄덕였다.
그리고 조선의 백성이 그의 머릿속에 떠올랐다.
어느덧 이희에게 중요한 것은 백성이 되어 있었다.
"초청해야 할 자들이 더 있다."

"누구입니까?"

"백성이다. 특히 나라를 위해서 싸우다 다친 자들, 가족을 잃은 유족을 과인의 즉위식에 부르고 싶다. 이에 대해 어찌 생각하나?"

전시 부상자와 전사 유족을 부르겠다는 말에 김홍집과 김인석이 서로를 보고 미소 지었다. 김홍집이 감격해하며 이희에게 은혜로운 일이라고 말했다.

"성은이 망극하옵니다. 전하께서 부상 장병과 전사자 유족을 초청하시면, 그들은 큰 영예와 자부심을 얻을 것이고 백성들은 큰 감동을 받을 것입니다. 그리고 전하께서 백성과 군인을 귀하게 여기시기에 외국은 전하께서 계시는 조선을 절대 얕보지 않을 것입니다. 신이 전하의 성은에 감격했습니다."

그리고 김인석이 이희에게 덧붙여 말했다.

"전사 유족과 부상병들을 가장 가까운 귀빈석에 착석케 하시옵소서. 그렇게 하시면 그들을 귀하게 여기시는 전하의 어심이 천하에 널리 알려질 것입니다. 또한 태극훈장 수여자들을 초청하셔서 영예를 내려주소서."

"물론이다. 그렇게 할 것이다. 과인은 그들을 가장 가까운 곳에서 볼 것이다. 다만 인원을 정함에 있어서 총리와 부총리가 논의해서 과인에게 고하라."

"어명을 받들겠습니다."

김홍집과 김인석이 이희의 명을 받들었다. 초청에 관한 세부 사항을 정하고, 백성들이 감동받는 즉위식을 치를 수 있기를 소망했다. 그리고 그렇게 될 것이라고 생각했다. 황위에 오르고 조선은 제국이 된다.

그 사실을 이희가 두사람에게 알렸다.

"과인이 짐을 칭하면 조선은 마땅히 제국이어야 한다. 그리고 위대함을 상징하는 대로 조선이 큰 나라라는 것을 알릴 것이다. 영토의 넓이를 말하는 것이 아닌, 진정한 강국이라는 것을 말이다. 이에 대해서 어찌 생각하나?"

이희의 물음에 김홍집이 대답했다.

"조선이 영길리보다 못하지는 않습니다. 마땅히 대와 제국을 국호로 쓰셔야 한다 생각합니다."

동감하고 있음을 듣고 이희가 만족스럽게 미소를 지었다. 이어 김인석이 정리해서 이희에게 말했다. 그것은 이희가 원하는 것이었고, 수백년 후손인 김인석도 원하는 거였다. 위대함을 간직했던 나라의 의지를 이어야 한다고 생각했다.

"정식 국호는 대조선제국일 것입니다. 그러나 외국에서는 영어가 가장 많이 쓰이는 공용어인 만큼 영문으로 된 국호도 정해져야 한다 생각합니다."

"어떻게 정했으면 좋겠는가?"

"고려로 하시옵소서. 서양에서는 조선보다 고려로 이 땅의 나라를 더 많이 부릅니다. 특히, 고려는 우리 민족 역사상 가장 넓은 영토를 차지했던 고구려의 정식 국호입니다. 그 후손으로서 의지를 잇는 조선이기에 그레이트 코리아 엠파이어만큼 영문으로 쓰이기에 합당한 국호가 없습니

다. 새 나라는 조선과 고려, 두가지의 국호를 함께 가져야 합니다."

김인석의 이야기를 듣고 이희가 주먹을 불끈 쥐었다.

"과인이 왕위에 오를 때 배운 고려는 그야말로 문란하고 요승이 활개 치는 나라였다. 하지만 그 고려가 아니라 고구려의 고려라면 조선의 또 다른 국호로 쓰기에 매우 합당하다. 오히려 그 국위가 더욱 위대하다. 때문에 그 의지를 새 나라가 이을 것인 즉, 조선이 고구려의 기상을 이은 것을 만천하에 널리 알릴 것이다. 외부대신에게 그리 전하라."

"예! 전하!"

"이제 단군이 조선 창건을 선포했던 날에 과인이 짐을 칭할 것이다. 이를 널리 알리고 창건식을 준비하라. 조선은 당당한 독립국이다!"

"어명을 받들겠습니다! 전하!"

김홍집과 김인석이 이희의 명을 받들었다. 조선과 고려, 두개의 국호가 새 나라의 정식 국호로 정해졌다. 조선에서 탄생되고 고구려의 의지를 잇고자 했다.

1903년 10월 3일까지 성대한 제국 창건식과 즉위식을 준비했다. 각국 공사관으로 소식을 전하고 귀빈 초청을 진행하면서 만천하에 조선이 당당한 독립국임을 선포하고 제국 창건을 예고했다.

그 예고에 무척이나 씁쓸하게 생각하는 나라와 정치인이 있었다. 그 나라는 전통의 강국이었으며, 이제는 노을 같은 나라였다.

만주라 불리는 땅에서 나라를 세워, 한족의 제국인 명나라를 쳐서 그 땅을 지배하게 된 나라가 있었다. 국호는 '청(淸)'이었고 200년동안 동방을 지배해왔던 대국이었다. 그리고 이웃나라에게 자신들을 상국(上國)으로 받들 것을 요구하며 많은 신하국을 거느려 왔던 나라였다. 조선도 그런 신하국 중 하나였다.

옛 영광의 여파가 아직 남아 있었고 황도인 북경엔 세상 어디에도 볼 수 없는 인공 호수가 있었다. '이화원'이라고 불리는 인공 호수가의 궁전에 어린 황제의 어미로, 또는 할머니로 막강한 권력을 부리는 여인이 있었다. 황제를 앞세워 실권을 부리는 여인이자 실질적인 여황제.

그녀의 이름은 '엽혁나랍 행정'이었다. 그리고 사람들에겐 '서태후'로 알려진 위인이었다. 이화원이 그녀의 정전이자 편전이었다. 그녀를 따르는 심복이 와서 조선에서 일어난 일을 보고했다.

서태후는 그 보고를 듣고 인상을 찌푸렸다.

"조선이 제국을 선포한다고?"

"예. 태황태후 마마."

"역리도 이런 역리가 없군. 황상과 내가 버젓이 보고 있는데 감히 칭제를 하겠다는 것인가? 오만방자하기 따로 없군. 이 모든게 북양군이 일본군에게 패했기 때문이다."

"송구합니다. 마마."

"경의 탓을 하는 것이 아니다. 경이 대신을 맡기 전에 군을 통솔했던 자들이 무능했기 때문이다. 그러니 경은 군을

잘 육성하라. 때가 되면 반드시 조선을 정벌할 것이다. 그래야 대청국의 국위를 되찾을 수 있다."

"예."

"발칙한 놈들……."

"……."

서태후는 애써 조리장들이 만든 음식을 먹지 않고 관상으로 삼아 앞에 뒀다. 뜨거운 기가 사라지고 냄새가 옅어지자 다시 새로운 음식들이 놓였다. 그리고 그녀는 그중 단 한가지 요리만을 젓가락으로 집어먹었다.

그녀의 손에 들린 오리고기를 북양 대신이 된 '원세개'가 쳐다보고 있었다. 원세개는 속으로 생각했다.

'우리 군이 왜 패했는데? 바로 당신이 포탄을 사야 할 해군 예산을 빼서 이화원을 지었기 때문이야!'

화약 대신 모래가 가득했던 장약 주머니를 떠올렸다. 속으로 인상을 찌푸리면서도 겉으로는 웃으며 그녀에게 굴복하는 모습을 보였다. 머릿속으로 반감을 떠올리고 있을 때, 오리고기를 먹던 서태후가 원세개에게 물었다.

"광저우에서 모반을 일으켰던 역도들은 어찌되었지?"

"손문을 말씀입니까?"

"그놈밖에 더 있겠나?"

"행방을 뒤쫓고 있습니다만 쉽지 않습니다. 신출귀몰한데다가 미국과 홍콩을 오가고 있어서 놈을 잡을 경우 외교 문제까지 일어납니다. 다시 청국 안에 왔을 때 잡으려 합니다."

"놈이 밖에서 우리를 주멸하겠다고 한 것으로 안다. 반드시 죽여 후환이 없도록 해야 할 것이다. 경 말대로 하되, 밖에서 죽일 수 있다면 반드시 죽여라."

"예. 마마."

"이만 물러나라."

"예. 물러나겠습니다. 태황태후 마마."

광저우에서 흥중회라는 조직이 거병했다. 그들의 수는 만명이 넘었다. 흥중회는 조선과 일본의 전쟁이 일어나기 전이었기에 일본의 대만 총독으로부터 지원을 받아 반란을 일으켜 청조를 전복시키려고 했다.

그러나 일본의 약속이 엎어지고 거병 또한 실패로 끝나면서 많은 사람들이 죽었다. 흥중회를 조직했던 손문은 광저우를 탈출해 홍콩과 하와이를 오갔고, 그 뒤를 서태후와 원세개가 추적하고 있었다.

홍콩에서 한 남자가 사람들을 모아 연설했다. 그는 본래 의사였고 정치와는 거리가 먼 인물이었다. 그런 인물이 사람들의 가슴에 불을 지폈다.

"이 땅이 누구의 땅입니까? 저 먼 북쪽 이민족인 만주족의 땅입니까? 아니면 한나라 대대로 살아왔던 한족의 땅입니까? 당연히 한족의 영토입니다! 우리는 우리 민족의 정체를 지켜야 하며, 백성을 노예와 도구로 여기는 청 황실을 몰아내야 합니다! 우리 민족의 나라를 세워야 하며, 모든 백성의 손에 권력이 있어야 합니다! 그리고 그 권력은 민생을 위한 권력이어야 합니다! 잔혹한 청 황실을 반드시 몰아내야 합니다!"
"옳소!"
"그때가 올 때까지 힘을 기릅시다! 지금은 웅크리지만 한 번에 일어나 중원을 뒤엎는 겁니다! 그리고 그땐 백성들의 세상이 열릴 겁니다!"
전등 하나와 여러 개의 촛불이 불을 밝히는 지하실이었다. 그 아래에서 양복을 입은 사람이 크게 소리치고 있었다. 그의 이름은 '손문'이었고, 유학생활로 청나라의 부패를 직시한 인물이었다. 그를 청나라 외에 많은 나라들이 알고 있었다. 조선에서도 그를 알고 그가 하는 행동을 주목하고 있었다.

* * *

김인석이 통신기를 통해 집에서 성한과 통화하고 있었다.
"대략적으로 이야기하면 이런 상황입니다. 우리가 일본과 전쟁을 치르는 동안 청나라가 조용했던 이유입니다. 서태후와 청나라 권력층은 안에서 일어나는 반란을 경계하고 있습니다."
—광저우에서 일어난 봉기는 청나라에서 보면 그렇게 큰 봉기가 아닌데 심하게 경계하네요.
"그런 봉기를 뒀다가 나라가 무너진 역사가 많으니 말입니다. 만주족인 청나라의 역사는 아니지만 그 땅에 세워졌던 한나라와 원나라를 보더라도 결국 작은 소요가 대규모 민란으로 번져서 무너진 경우가 몇 번 있습니다. 그 일을 두고 경계하는 것입니다."

—그래도 못 막을 겁니다. 앞으로의 일을 알고 있는 우리가 막지 않는 한은 말입니다. 청나라는 신해혁명을 절대 막을 수 없을 겁니다. 혹, 전하께서 알고 계십니까?

"오늘 알려드리려고 합니다."

—말씀드리고, 미리 대비해야 할 것 같습니다. 어쩌면 우리에게는 기회가 될 수 있습니다. 1차 세계대전도 말입니다. 막을 수 있다면 막되, 막을 수 없다면 이용해야 됩니다.

"옳은 이야기입니다."

—통화는 여기까지 하겠습니다. 조만간 좋은 소식으로 다시 전화를 드리겠습니다. 건강하십시오.

"과장님도 건강하길 빌겠습니다."

—그럼 끊겠습니다.

교신이 끝나고 김인석이 성한과 한 통화 내용을 곱씹었다. 좋은 소식이라는 게 어떤 소식인지 김인석은 몰랐다. 다만 그 말을 할 때 성한의 목소리는 매우 밝았다. 조만간 기분 좋은 소식을 들려줄 것이겠구나 하고 생각했다. 김인석은 몸을 일으켰다. 방에서 나가 대문으로 향할 때 함께 사는 승조원이 물었다.

"어디 가십니까?"

"경복궁에. 전하께 볼일이 있네."

문 밖으로 나가서 포드퍼스트에 올라탔다. 그리고 경복

궁으로 향해서 정보국에서 들어온 이야기를 이희에게 알려줬다. 그에게 몇 년 뒤 동방에 찾아올 대사건이 있음을 말했다. 그리고 그 사건을 어떻게 이용해야 되는지에 대해 미리 계획을 들려줬다.

그렇게 차분히 미래를 대비했다.

* * *

이희의 치세가 이어지던 어느 날 저녁이었다. 군 정복을 입은 사람들이 한양의 한 음식점 앞에 모였다. 해병대 장병들이 이척을 만나서 반가움을 표시했다.

"중대장님."

"오랜만일세."

"강건하셨습니까."

"보는 대로지. 자네들도 강건했는가?"

"예. 중대장님."

"오랜만에 보게 되어서 참으로 반갑군. 갑자기 전우회를 만들어서 이렇게 모이자고 했는데, 솔직히 자네들이 올 것이라 장담하지 못했네. 이렇게 와 주니 참으로 고맙군."

"중대장님께서 모이자고 하셨는데 당연히 모여야 하지 않겠습니까. 물론 사정이 되어야 하지만 말입니다. 시간도 되어서 당연히 왔습니다. 오랜만에 뵙게 되어서 기쁩니다."

이척은 자신이 지휘했던 중대원들을 만났다. 중대원들은

전후 전역한 예비역들이었다. 해병참전전우회를 만들자는 이척의 제안을 받아들여 전우회를 구성한 회원들이었다. 그리고 처음으로 회합을 가져서 우의를 도모하려고 했다. 전역한 이철호가 이척의 계급장을 보고 놀라면서 말했다.

"중령이십니까?"

"그래."

"진급하실 줄은 알았습니다만 벌써 중령이 되신 줄 몰랐습니다. 경하 드립니다."

다른 전우들도 경하 드린다는 말을 하며 축하했다.

이척은 자신이 책임져야 할 일이 더 늘어났다고 말했다. 높아진 계급만큼이나 책임감이 필요했다. 이척은 그것을 담담하게 지려고 했다. 그렇게 만찬을 즐기기 위해 음식점 안으로 들어가려던 때, 이들은 정복을 입은 또 다른 군인들을 봤다.

"뭐지?"

"모르는 사람들인데……?"

철호와 전우들은 의아했다. 그리고 그들이 보고 있는 정복을 입은 군인들도 의아했다. 한사람이 이척을 보고 크게 놀랐다.

"저하? 혹시, 저하이십니까?"

가슴에 이척과 똑같은 금성무공훈장이 달려 있었다. 그가 이척을 알아보자 이척도 그를 보면서 기억을 더듬었다. 머릿속을 스치는 한 얼굴이 있었다.

"육군 대대장인 안중근 중령이로군."

"예. 저하. 안중근입니다. 기억하십니까?"
"기억하다마다. 사관학교 동기에, 전장에서 함께 싸우지 않았던가. 참으로 반갑군."
"저도 반갑습니다."
"헌데, 여기는 어쩐 일인가?"
이척이 중근을 반가워하면서 무슨 일로 음식점 앞에 왔는지 물었다. 그리고 중근이 뒤에 서 있던 군인들을 보면서 대답했다.
"휴가를 받아 전역한 전우들과 회합을 가지려고 만났습니다. 혹, 저하께서도 회합을 가지시는 겁니까?"
혹시나 하는 생각으로 안중근이 물었다. 그리고 이척이 미소를 지으면서 대답했다.
"그렇다네. 여기서 이렇게 모이니 기가 막히는군. 혹, 육군끼리 회합을 가질 것인가?"
"그러려고 했습니다만 바꿀까 생각 중입니다."
"혹, 같이 회합을 가지겠나?"
"저야말로 영광입니다. 전우들에게 물어보고 말씀드리겠습니다."
함께 모이자는 말에 안중근이 긍정의 뜻을 밝혔다. 하지만 홀로 정할 수 없는 일이었기에 모인 옛 부하들에게 묻고 대답을 들었다. 안중근의 옛 부하 중 그와 성이 같은 사람이 있었다.
"저하와 함께 회합할 수 있다면 얼마든지 찬동합니다. 저희들에게는 큰 영예일 것입니다."

안창호가 안중근에게 말했고, 이어 신태호와 다른 병사들이 대답했다. 그들의 대답을 듣고 안중근이 이척에게 알렸다.

"저하께로 모이겠습니다."

"허면, 전우들끼리 우의를 다지도록 하지."

"예. 저하."

"안으로 드세. 하하하."

뜻하지 않게 육군과 해병대 참전 전우들이 모였다. 그들은 예약된 음식점 안에서 미닫이문을 떼고 몇 개의 방을 이어서 함께 회포를 풀기 시작했다. 맛있는 음식을 먹으면서 만찬을 즐기며 서로의 기억을 공유했다.

"그러니까! 진짜로 죽는 줄 알았다니까. 놈들이 쏜 총알이 투구의 옆을 팅 맞고 튕겨나가는데… 어휴."

"우리 아들은 우리가 이렇게 개고생 했다는 걸 전혀 모를 거야."

"맞아."

옛일을 말하면서 위급했던 순간과 그 상태에서 벗어났던 일을 말했다. 이들은 서로에게 공감을 표하며 위로하고 앞으로 사는 것에 대한 이야기를 했다.

서로의 근황에 대해서도 물었다.

"요즘 어찌 지내는가?"

이척이 철호에게 물었고, 그의 근황을 들었다.

"회사를 하나 차릴까 합니다."

"회사? 어떤 회사?"

"필기구와 관련된 회사인데, 아직은 정해진 게 없어서 창업하면 말씀드리겠습니다. 그나저나 김춘삼 병장이 없어서 아쉽습니다."

"어머니를 모셔야 되니 올 수가 없다더군. 빨리 양구까지 도로가 잘 뚫렸으면 좋겠어."

"동감입니다. 중대장님."

대대장 소리보다 중대장 소리가 훨씬 더 편했다. 모두들 형, 동생이 대화하듯 편하게 이야기하면서 즐거워했다. 그리고 다른 이들의 대화에 귀를 기울였다.

이야기를 듣다 보니 서로 다른 대대에 속했던 전우들이 섞여 있었다. 안창호가 다른 대대에 속했던 전우들의 이야기를 엿들었다.

"이찬 상병의 가족은 잘 지낼까?"

"저번에 소식을 들었어."

"어떻게 지낸다던?"

"한양에 살고 있는데 홀로 아이 키우기가 쉽지 않은 가봐. 참전훈장과 의사훈장을 남기고 연금을 받아서 굶지는 않지만 그래도 아이는 부부가 함께 키워야지. 어미가 집을 비우면 집에 아이가 홀로 남게 돼. 3살이라던데 혼자 두기에는 너무 어려."

이찬은 병장으로 추서됐다. 그러나 전우들에겐 상병이 익숙했다. 이찬에 관한 이야기를 하고 그의 후임이 안타까워하는 표정을 지었다. 그리고 그와 이웃 대대 전우들의 이야기를 들으면서 곁에 함께하고 있던 안창호가 옛 기억에 빠져들었다. 이찬이 자신의 손에 들린 채 했던 말을 떠올리고 있었다.

'딸… 혼례를 치르는 것은…… 정말… 보고 싶었는데……'

"……."

여식이 잘 자라나기를 소망했다. 그것을 보길 원했으나 그 소망을 이루지 못했다. 크리스천으로서 해야 할 일을 생각했다. 그리고 결단하여 이찬의 후임에게 물었다.

"물을 것이 있소."

"말해보시오."

"이찬 상병에 대한 이야기를 하던데, 혹 집이 어디에 있는지를 아오?"

후임은 안창호를 알고 있었다. 그가 자신의 선임이었던 이찬을 안고 의무병을 부르짖었던 것을 기억했다.

고개를 끄덕이면서 안창호에게 대답했다.

"알고 있소."

"알려줄 수 있겠소?"

"물론이오. 헌데, 집에 가볼 생각이오?"

눈치를 살피면서 묻자 안창호가 대답했다.

"이찬 상병 또한 내게 있어서 전우요. 전우의 가족이 힘들다면 마땅히 도울 수 있어야 한다고 생각하오. 마침, 내가 한양에서 거주하고 있기에 이찬 상병의 가족을 살필 수 있다면 살펴보려고 하오. 알려준다면 내일 집에 가서 부인을 뵐 생각이오."

그 말에 후임이 고개를 끄덕이면서 말했다.
"그러면 같이 가겠소. 같이 가서 부인을 함께 뵙고 옵시다. 내 선임을 기억해줘서 참으로 고맙소."
"아니오."
두사람의 이야기를 건너편의 이척이 들었다.
그가 이찬의 일에 대해서 끼어들었다.
"나도 가도록 하지."
"저하……."
"자네들이 하던 이야기를 들었네. 아이를 홀로 키우는 게 쉬운 일은 아닌데, 한번 보고 도울 수 있다면 돕도록 하지. 내일 함께 가세."
안창호가 이척에게 감사를 표했다.
"예. 저하. 감사합니다."
다른 전우들도 모두 의기투합해서 찾아가려고 했다. 그러나 갑자기 많은 인원이 찾아가서 놀라게 할 수는 없었기에 이척와 안창호, 이철호, 이찬의 후임과 함께 가기로 했다.
이들은 만찬을 즐기던 중에 이찬의 후임의 이름이 '차두성'이라는 것을 알게 되었다. 그리고 그들 네사람이 이찬의 부인이 사는 집을 방문하기로 했다.
졌던 해가 다시 떠오르고 정복을 입은 네사람이 도성 밖의 초가집 앞에 섰다. 초가집 마당에 어린 여자아이가 흙장난을 하면서 놀고 있었다.
안창호는 그 아이의 이름을 알고 있었다.

"서현아."

"……?"

"네 이름이 서현이 맞느냐?"

아이의 이름을 부르고 묻자 아이가 해맑게 웃으면서 대답했다.

"네."

그때 뒤에서 발걸음 소리가 들렸다. 돌아서자 네사람 앞에 한 여인이 있었다. 그녀의 얼굴을 안창호가 알고 있었다. 이척이 직감적으로 여인에게 물었다.

"이찬 병장의 부인인가?"

"네… 그런데요……?"

"……."

"마… 맙소사?!"

그녀는 손에 든 빨래를 떨어트렸다. 이척의 얼굴을 유심히 보다가 이찬의 부인인 청하가 화들짝 놀란 것이다.

다시 안창호가 말을 이으며 청하를 진정시켰다.

"구주에서 일본군을 상대로 싸웠던 전우들이 한양에 잠시 모였습니다. 부인께서 이곳에 산다 하시기에 잠시 찾아뵈었습니다. 이렇게 갑자기 와서 죄송합니다."

차두성이 방금 말한 이가 누구인지 청하에게 알려줬다.

"전 이찬 병장의 후임이었던 차두성이라고 합니다. 혹, 이찬 병장의 유서를 받으셨을 때 필체가 달라 의아함을 느끼지는 않았는지요?"

"그… 그랬습니다."

"이분이 이찬 병장의 유서를 옮겨 썼습니다. 강서에서 점진학교를 세우신 안창호 선생님이라고 합니다."

두성이 안창호를 알리자 청하가 허리를 굽히면서 감사의 뜻을 전했다.

"감사합니다… 덕분에 제 지아비가 제게 남기는 이야기를 들었습니다. 감사합니다……."

그녀는 사별한 남편을 생각함에 눈물을 흘렸다. 그리고 소매로 눈가를 닦고 감정을 추슬렀다. 어째서인지 슬픔보다 감사함이 가슴에 채워졌다. 이척이 그녀를 보다가 돌아서서 초가집을 봤다.

"안으로 들어가도 되겠는가?"

청하에게 굳이 들어가도 되겠냐며 허락을 구했다. 그리고 청하는 당연히 그래도 된다고 말하면서 누추한 집에 세자를 들이기가 참으로 송구스럽다고 말했다.

이척은 그녀에게 괜찮다고 말하고 안으로 들어가서 마루에 걸터앉았다. 그때 이찬과 청하의 딸인 서현이 이척의 곁으로 왔다가 흙이 묻은 손으로 정복을 만졌다.

청하가 놀라면서 서현을 떼어내고 언성을 크게 높였다.

"뭐하는 짓이니?!"

이척이 청하를 진정시켰다.

"그러지 말게. 철없는 아이의 행동이니."

"하오나, 저하……."

"내 괜찮으니 이러는 것일세. 그리고 이런 일로 화를 내는 이가 있다면 그 사람이 미련하고 부덕한 자일세. 그러니

아이를 혼내지 말게."

거듭된 이척의 말에 청하가 진정하며 죄송한 마음을 더 드러냈다.

"서현이를 잘 가르치겠습니다."

그것으로 서현이가 자유롭게 집안을 돌아다니도록 내버려뒀다. 집에서 어미 외에 사람 만나기가 힘들었고, 호기심도 많았던지라 서현은 이척과 안창호를 비롯한 네사람의 얼굴을 보고 환하게 웃었다.

이척 역시 웃으며 서현의 머리를 쓰다듬었고, 안창호가 서현을 안아서 무릎 위에 앉혔다. 이척이 물을 내어준 청하에게 곁에 앉으라고 말했다. 그리고 집 안쪽을 살펴보면서 사는 형편을 물었다. 넉넉해 보이지는 않았다.

"연금을 받는 것으로 아는데 어떠한가?"

"먹고 사는 데에는 지장이 없습니다."

"불행 중 다행이군. 그런데 내가 듣기로 홀로 아이 키우기가 힘들다고 하던데, 맞는가?"

"아닙니다. 전하께서 은혜를 주셨는데 어찌 제가……."

"솔직히 이야기하게."

"……."

"이 집에 왔을 때 아이가 홀로 집을 지키고 있었네. 홀로 키우기가 버겁지 않은가?"

이척의 물음에 청하가 솔직히 대답했다.

"솔직히 말씀드려서… 버겁습니다… 하지만 서현이를 위해 애쓸 것입니다."

"바른 어머니의 표본이로군. 옳은 대답이다. 그래서 우리가 도울 수 있는 것이 뭘까 하며 생각하고 있다. 나라에서 주는 연금으로 이 아이가 자라날 수 있다고는 생각한다. 하지만 바르게 자라야 하고 잘 자라야 한다. 이때 부모의 역할이 지대한데, 자네는 혼자서 이 아이를 길러야 한다. 해서 어떻게 도울 수 있을지 생각 중이다."

이척이 진심을 전하고 안창호에게 물었다.

"안선생."

"예. 저하."

"강서에 학교를 세웠다고 들었다. 혹, 교사로 아이들을 가르치나?"

"직접 가르치지 않습니다. 다만 선생들을 가르치고 있습니다."

"나름 식자로군. 허면, 자네의 생각으로 어떤 제도가 있어야 이 가정을 지킬 수 있겠나? 나는 이와 같은 수많은 가정을 지키고 싶다."

이척이 안창호에게 의견을 구하자 안창호가 잠시 고민했다. 철호와 두성도 함께 고민했다. 고민 중에 철호가 슬쩍 이척을 봤다.

"저하……."

"말하게."

"갑자기 드는 생각인데, 꼭 제도여야 합니까?"

"제도 말고 나은 게 있는가?"

"전우회가 나서서 도울 수 있다는 생각이 들어서……."

마루에 걸터앉은 사람들이 철호에게 주목했다.

이척은 아예 몸을 돌려서 그에게로 귀를 기울였다.

"계속 말해보게."

이어서 철호가 말했다.

"전하께서 이미 큰 성은을 내려주셨고 참전훈장과 의사훈장을 통한 연금 제도도 있어서 나머지는 전우회에서 할 수 있을 거라는 생각이 들었습니다. 해병대와 육군, 해군마다 참전전우회가 있고, 전우회 차원에서 보살필 수 있지 않을까 라는 생각이 듭니다. 우리 전우의 가정을 살피는 일인데 당연히 해야 하고, 할 수 있다 생각합니다."

그의 말을 듣고 이척이 다시 안창호를 쳐다봤다.

"안선생은 어찌 생각하나?"

그리고 대답을 들었다.

"저는 조금 다른 생각을 했습니다."

"어떤 생각을 말인가?"

"이렇게 아이 키우기가 힘든 가정 혹은 자식을 잃고 노부모들만 남은 가정, 그런 많은 참전 용사의 가정들이 있을 겁니다. 그들에게 이주 신청을 할 것인지를 물어서 마을을 구성하면 어떨까라는 생각이 들었습니다. 그러면 이찬 부인이 없을 때 다른 참전용사의 가정이 아이를 함께 봐줄 수 있습니다. 그리고 한곳에 모여 있기에 조정에서 살피기에도 용이합니다."

"좋은 생각이군."

"과찬입니다."

안창호의 의견을 듣고 이척이 환하게 미소를 지었다. 그리고 청하에게 물었다.

"부인이 없을 때 참전전우의 가정이 이 아이를 보살펴주는 것에 대해서 어떻게 생각하나?"

청하가 떨리는 목소리로 대답했다.

"감사한 일입니다. 용사분의 가정이라면 소인은 얼마든지 믿을 겁니다."

피보다 진한 전우애가 그 가족에게까지 이어질 것이라고 생각했다. 대답을 듣고 이척이 한번 더 미소를 지었다. 그리고 철호와 안창호에게 말했다.

"둘 다로 하지. 아바마마와 대신들에게 말해보겠다."

"예. 저하."

청하가 일어나서 이척에게 허리를 굽히며 고마워했다.

"정말 감사합니다… 저하……."

친히 찾아와서 살펴주는 이척의 은혜를 기억했다. 그리고 남편의 유서를 옮겨 써준 안창호와 후임이었던 차두성, 함께 싸운 전우였던 철호에게도 감사했다. 자리에서 일어나기 전, 이척의 머릿속에 또 한가지 생각이 떠올랐다.

"안선생. 혹시 강서에서 머무는가?"

"아닙니다."

"그러면 학교의 선생들을 잠깐씩 가르치는 것이겠군."

"1년에 선교사들과 함께 가서 한달씩 가르치고 한양에 옵니다. 한양에도 학교를 설립하려고 계획 중입니다."

"허면, 안선생이 한양에 머무는 만큼 이 아이를 수시로 보살펴줄 수 있겠군."
"예. 저하."
"안선생이 서현이의 스승이 되어주게."
"그렇게 할 생각이었습니다. 제가 이 아이의 스승이 되겠습니다."
너무나도 감사한 일이 일어났다. 그리고 믿어지지 않았다. 세자가 직접 찾아와서 살펴주고, 아이에게 아비를 대신할 수 있는 스승까지 생겼다.
청하가 다시 허리를 굽히면서 감사의 뜻을 전했다.
"감사합니다… 참으로 감사합니다… 이 은혜… 절대 잊지 않겠습니다… 흐흑……."
눈물을 흘리며 고마워하는 청하를 네사람이 잔잔한 미소를 지은 채로 지켜봤다. 두성 역시 선임을 기억하면서 마찬가지로 눈물을 흘렸다.
이척이 그를 바라보다가 무릎을 탁 쳤다.
"가세."
"예. 저하."
일어나면서 걸음을 옮겼다. 안창호는 청하에게 일이 있으면 구세학당을 찾아와달라고 말했다. 그리고 이척을 따라서 집 밖으로 나가려고 했다. 그때 네사람의 걸음이 일순간 멈췄다. 문 앞에 양장을 입은 관리가 서 있었다. 이척을 보고 관리가 크게 놀랐다.
"저… 저하……?"
이척이 물었다.

"무슨 일인가?"

그리고 대답을 들었다.

"이찬 병장의 부인께 용무가 있어서……."

"용무?"

"전하께서 이찬 병장의 부인을 황위 즉위식에 초청하셨습니다. 여기 공문이 있습니다."

관리는 다급해서 목례로 인사하는 것조차 까먹은 듯했다. 이척의 물음에 관리가 대답했고, 어떤 용무인지 알고 나니 이척은 눈을 크게 키우면서 놀란 반응을 보였다. 그리고 이내 옆으로 비켜서 길을 열어줬다. 관리가 당황하면서 청하의 앞으로 걸어가 공문을 넘겨줬다.

"전하께서 부인을 부르셨습니다."

"전하께서요……?"

"예. 10월 3일에 대궐에 입궐하셔야 됩니다. 즉위식 때 깨끗한 옷을 입으셔야 하니, 혹, 입으실 옷이 없다면 말씀해주십시오. 마련해드리겠습니다."

황위 즉위식에 청하가 초청됐다. 네사람은 그녀와 서현을 쳐다보다가 흐뭇하게 웃으면서 다시 걸음을 옮겼다. 정신이 없던 청하는 이척에게 인사를 해야 한다는 것도 잊었다. 그렇게 믿어지지 않는 일들을 경험하고 있었다.

청하에게 간 초청장은 수백장이 되어 조선 전역에 뿌려졌다. 심지어 바다 건너까지 이르러 미국주재 공사인 민영환의 손에 들렸다. 그가 국무부로 초청장을 보냈고 답장을 받았다. 답장을 읽던 민영환의 눈두덩이가 움찔했다. 그를 지켜보고 있던 서기관이 물었다.

"참석하지 않겠다는 내용입니까?"

서기관의 물음에 민영환이 고개를 가로저었다.

"초청을 받아들여 참석하겠다는군. 조선에 관리를 보내겠다고 하는데 예상하지 못한 사람이 쓰여 있어서 조금 놀랐네. 미리견 부통령이 조선으로 간다고 하네."

"부통령이면… 루스벨… 헉?!"

"경제 사절을 이끌고 조선에 갈 것이라고 하네."

미국 정부의 대답을 듣고 조선 공사관의 관원들이 놀랐다. 관원들은 곧바로 한양에 미국 요인들이 향할 것임을 전했다. 미국 정부가 최고의 예우로 축하의 뜻을 전하겠다는 말에 이희를 비롯한 대신들은 세상으로부터 제국 창건을 인정받고 당당해질 수 있겠구나 하고 생각했다.

그로부터 2개월이 지나 성조기를 단 연락선이 부산항에 입항했다. 연락선의 현문에 부두와 이어지는 다리가 걸렸다. 이윽고 연락선의 문이 열리자 양장을 입은 서양인들이 차례대로 배에서 내리기 시작했다.

외눈안경을 쓰고 동그란 외모를 가진 서양인이 내리니 항구에 미리 나와 있던 조선군 장병들이 차렷 자세를 취하고 그에 대한 예우를 나타냈다. 김홍집이 루스벨트를 맞이했다.

그는 악수를 하면서 그에게 감사를 표시했다.

"초청을 받아줘서 고맙소. 미리견 정치가 중 2인자인 부통령이 직접 올 줄은 몰랐소. 덕분에 우리 전하의 즉위식이

더욱 의미가 깊어졌소. 참으로 고맙소."

"조선과의 우의를 생각한다면 당연히 와야 한다고 생각하오. 그리고 우리 기업인들과 함께 조선에 방문했소. 더욱 긴밀한 관계가 되어서 많은 국익을 공유할 수 있기를 바라오."

"나도 그리되길 원하오."

"안내해주시오. 한성이 조선의 수도라고 들었소."

"이쪽이오. 포드퍼스트가 준비되었소. 부산역에서 특별열차를 타고 한양으로 갈 것이오."

역관이 조선말과 영어를 이어줬다. 김홍집이 루스벨트를 안내했고 두사람은 특별히 마련된 포드퍼스트에 탑승해 근위대의 호위를 받으면서 가까운 부산역으로 향했다.

이어 루스벨트와 함께 조선에 온 기업인들이 차량에 탑승했다. '헨리 포드'와 '스탠리 조지 하퍼'가 있었고, '토머스 존 왓슨'이 함께 있었다. 그들은 포드모터스와 US인더스트리, ABM의 수장이었다.

포드가 조선에서 제작된 포드퍼스트에 타면서 차량 내 이곳저곳을 만져보며 조립품질을 확인했다. 그리고 만족스럽다는 듯이 미소 지었다. 차가 움직이기 시작했고, 엔진음을 귀담아 들으면서 이상 유무를 확인했다.

당연히 이상은 없었다. 그 사실을 알고 포드는 편안하게 등받이에 등을 기댔다. 그는 창문 밖으로 시선을 옮겼다. 역까지 이동하는 동안 부산포의 풍경이 눈에 들어왔다.

'이곳이 조선이구나……'

자신에게 투자했던 해리 존스의 고국이었다. 우마차가 달리고 복장이 미개한 것처럼 보이는 조선인도 있었지만 대개 깨끗한 옷을 입고 질 좋은 옷감으로 만들어진 양장을 입은 조선인도 있었다. 전차가 달리고 굴뚝에서 연기를 뿜어내는 공장들도 보였다.

그렇게 조선이 진보한 나라라는 것을 보며 한양으로 향했다. 한양 도착해서는 경복궁이라 불리는 궁궐로 향했다. 그리고 조선의 왕을 만나 조선의 예법대로 머리를 굽혔다. 부통령인 루스벨트도 머리를 숙이며 인사했다.

"만나 뵙게 되어 영광입니다. 그동안 우의를 도모하면서도 바닷길이 멀어 쉬이 올 수가 없었습니다. 그리고 이제 뵙게 되어 참으로 기쁩니다."

역관이 루스벨트의 말을 통역했다. 그리고 이희가 방문자들에게 말했다.

"조선에 있는 동안 편히 지내라. 그리고 미리견 회사의 사장들은 총리와 대신들을 따라 사업을 이루라. 사장의 이익이 곧 양국의 이익이다."

"감사합니다. 전하."

제국 창건과 황제 즉위를 위한 사절이기도 했지만 경제사절이었다. 루스벨트와 미국인들은 국빈과 다를 바 없었고 궁내부에서 그들을 극진히 대했다. 첫날 저녁부터 푸짐하면서도 맛있는 음식을 주면서 그들을 만족케 했다.

대궐 밖 서쪽에 영빈관에서 진수성찬이 차려졌다. 서양식으로 화려하게 장식된 방 안에서 길게 뻗은 식탁을 중심

으로 사람들이 2열로 앉았다. 그들은 서로를 소개한 뒤 앞에 놓인 접시의 음식을 먹기 시작했다. 그저 쇠고기라고 생각하면서 포크와 나이프로 고기를 썰고 입에 넣었다. 그리고 눈이 번쩍 뜨였다.

루스벨트가 역관에게 물었다.

"이 음식, 뭐라고 하오?"

그리고 음식의 이름을 들었다.

"너비아니입니다."

"너비아니?"

"쇠고기를 다지고 소스를 버무려서 구운 고기입니다. 이번에는 이 하얀 밥과 함께 드셔보십시오."

"음……?!"

백미와 너비아니라 불리는 음식을 함께 먹으면서 놀라움을 느꼈다. 그리고 음식으로 인해 조선에 더욱 호감이 생겼다. 루스벨트가 조선의 음식을 극찬했다.

"참으로 뛰어나오! 동방에 맛있는 음식들이 많다고 듣긴 했으나 이 정도일 줄은 몰랐소. 이 음식을 미국에서 판다면 상류층을 상대로 비싸게 팔아도 식당에 자리가 없을 거요. 대단하오!"

"하하하~!"

만찬장에 있던 모든 사람들이 웃었다. 화기애애한 분위기 속에서 음식을 먹으며 이야기를 나눴다. 그곳에는 김홍집과 김인석이 있었고, 박은성을 비롯한 일부 대신들도 함께 있었다. 루스벨트를 만나기 전, 미국에 있던 성한과 김인석은 통화했다.

“루스벨트가 조선으로 온다고 합니다.”

—이야기 들었습니다.

“미국인 사장들을 이끌고 온다는데 전략을 어떻게 짜야겠습니까?”

—미국인 사장들이라고는 해도 제가 투자한 회사의 사장들입니다. 때문에 잘 챙겨주셔도 손해 볼것은 없습니다. 미국 회사의 이익이 곧 조선의 이익이니 말입니다. 이참에 우리가 보유한 기술을 사장들에게 보여줍시다.

“미래 기술을 말입니까?”

—예. 그렇지 않아도 미국에서 자동차 산업이 크게 일어나고 있으니, 20세기 중후반 정도의 자동차 기술을 공개해서 충격을 가하는 겁니다. 그렇게 해서 조선이 만만하지 않고 함께해야 이득을 볼 수 있는 나라라는 것을 알려줍시다.

“견제하지 않겠습니까?”

—그렇게 되지 않도록 미리 제가 손을 쓰겠습니다.

어떤 식으로 루스벨트와 손님들을 대할지 계획을 세워놓은 상태였다. 그리고 그에 맞춰서 그들을 놀라게 하려고 했다. 궁내부 관리가 역관의 도움을 받아서 일정을 알려줬다.

“전하의 즉위식과 제국 창건식이 있기 전에 경제기술 협력 시찰을 하시겠습니다. 창건식이 며칠 안 남았기에 내일

바로 시찰에 가실 겁니다."

관리의 알림에 포드가 물었다.

"어디로 가게 됩니까?"

그리고 김인석이 알려줬다.

"아마도 포드 사장과 관련이 있는 곳을 가게 될거요."

"저와 말입니까?"

"그렇소."

"그렇다면 자동차와 관련된 것이겠군요."

박은성이 대화를 이었다.

"조선은 다른 나라에 비해서 산업화를 늦게 시작했습니다. 때문에 다른 나라의 기술을 뒤쫓는 형국이고, 그저 민간에서 알아서 개발하기엔 우리 기업의 기술이 너무나도 떨어집니다. 그래서 나라에서 예산을 대서 주도적으로 개발하고 있습니다. 과학기술부 산하에서 선진기술을 개발하고 기업에 공유하는 방식으로 팔고 있습니다. 조선에 있는 대학교와도 협력하고 있는 바, 앞으로 자동차 산업이 최고의 산업이 될 것으로 예상을 하고 핵심기술을 개발하고 있습니다. 그래서……."

"그래서 저의 도움이 필요하다는 이야기입니까?"

"보시고 도움을 주시겠다 하시면 말입니다. 부족한 부분이 있다면 말씀해주십시오. 그리고 수업료를 치르겠다면 치르겠습니다. 모쪼록 오셔서 구경해주시길 바랍니다."

포드에게 기술 지원을 요청했다. 조선에 포드모터스 공장이 있었지만 기술의 정점에 서 있는 것과 동시에 포드모터스 사장의 지원을 받는 것은 또 다른 것이다.

포드가 루스벨트를 보고 이야기를 들었다.

"도와주고 단단히 대가를 받으시오."

"알겠습니다."

공짜로 해줘서는 안 된다는 말이 조선 대신들에게 어째서인지 기분 나쁘게 들리지 않았다. 공짜가 아닌게 당연했다. 루스벨트의 반 농담 반 진심에 포드가 알겠다고 대답했고 모두가 미소를 지었다. 적어도 도와주지 않겠다는 태도보다는 훨씬 나았다. 그렇게 포드가 과학기술부를 돕겠다고 약속했다.

"도와드리겠습니다."

그리고 함박웃음 속에서 계속 이야기를 나누고 남은 음식들을 모두 비웠다. 그날 밤, 이들은 집에서 자듯 숙소에서 편히 쉬었다.

다음 날이 밝고 루즈벨트와 사장들은 본격적으로 과학기술부 관리들을 따라 움직이기 시작했다. 개성에 과학기술부 산하의 선진기술개발 연구소가 있었다.

차와 열차를 통해서 루스벨트와 포드를 비롯한 사장들이 도착했다. 건물은 3층 높이로 크게 높지 않았지만 넓이가 매우 넓었다. 야외시험장까지 포함하면 상당한 넓이인 듯했다. 연구소를 보면서 포드가 성한과 이야기했던 대화를 기억했다.

"조선에 가면 많은 것을 돕고, 또 도움 받을 수 있습니다.

상대가 앞서 있다면 견제하는 것이 아니라 이용하는 지혜가 필요합니다. 물론 그것을 잘 아실 것이라고 생각합니다."

조선에 간다는 사실을 알리고 조언을 구했을 때 성한이 한 말이었다. 그리고 그의 말을 유념하면서 박은성과 과학기술부 관리를 따라 안으로 들어갔다.

자동차를 연구하는 동으로 들어가 조선의 자동차 기술을 살피기 시작했다. 루스벨트와 포드를 보고 놀란 연구원들 사이에 그들이 개발한 엔진이 있었다.

연구원들은 수군수군하며 정말로 두사람이 왔다고 말했다. 특히 포드와의 만남에 마치 어릴 적 영웅을 만난 것 같은 모습을 보였다. 하나같이 흥분해 있었고, 그로부터 무언가를 받으려고 안간힘을 썼다. 그러던 중, 포드가 다가오자 연구원 중 한명이 용기를 내서 말했다.

"저……."

"……?"

"나중에 사인 좀… 부탁드립니다."

"아, 알겠습니다. 끝나고 해드리겠습니다."

"아싸!"

미래에서 온 후손이 연구원들의 정체였다. 조선을 멸망시켰던 루스벨트에겐 크게 관심이 없었지만 포드는 달랐다. 특히 기술자들에게 포드를 만나는 것은 위인을 만나는 일이었다.

연구원들이 반기자 포드도 덩달아 기분이 좋았다. 그리고 그들 사이에 있는 엔진을 살폈다. 아무 생각 없이 시선을 옮겼다가 포드의 눈동자가 크게 확장됐다. 그는 미간을 바짝 끌어당겼다.

"이…이건……?!"

루스벨트가 물었다.

"무슨 일이오? 어찌 그러시오?"

포드가 엔진을 살피면서 자신이 놀란 이유를 말했다.

"V형 엔진입니다."

"V형 엔진?"

"현재 저희 회사에서 구상 중인 엔진입니다. 이걸 여기서 보게 되다니……."

아무것도 모르는 루스벨트가 다시 물었다.

"혹시, 특별한 엔진이오?"

"예."

"포드퍼스트에 쓰이는 엔진과 차이가 있소?"

"물론입니다. 포드퍼스트의 엔진은 이런 방식이 아닌, 이렇게 V형태로 피스톤 운동이 이뤄지지 않는 직렬 방식의 엔진입니다. 그리고 4기통입니다. 그런데 이 엔진은 8기통입니다. 제대로 움직인다면 2배 넘는 힘을 발휘할 수 있습니다."

포드의 설명을 듣고 루스벨트도 미간을 좁혔다. 그리고 이어서 하지 못한 이야기를 했다.

"V형 엔진은 직렬 엔진보다 높이가 낮아 무게 중심도 낮

습니다. 그만큼 균형이 있고 피스톤 공간 벌어지기에 좀 더 촘촘하게 배치할 수 있습니다. 다만 구조가 복잡하고 부품도 많아 제작이 어렵습니다."

"그 어려운 걸 조선이 하고 있다?"

"예. 작동까지 한다면 말입니다. 만약 이 엔진이 움직인다면… 제가 도울 것은 아무 것도 없습니다……."

"……."

표정이 굳어졌다. 포드의 표정엔 경악이 가득차 있었다. 그의 표정을 보고 루스벨트가 심각하게 여겼다.

연구원들은 여전히 해맑았고, 박은성은 흥미진진한 표정으로 지켜봤다. 포드가 시동이 가능한 엔진인지를 살폈다. 엔진 외에 구동축인 크랭크축을 돌려줄 기동전동기와 물펌프, 충전지, 연료펌프 등이 있는지를 확인했다. 그리고 있다는 것을 확인하고 연구원에게 물었다.

"시동이 가능합니까?"

연구원이 웃으면서 포드에게 대답했다.

"가능합니다."

포드가 한껏 진지한 표정으로 부탁했다.

"그러면, 시동을 걸어주실 수 있겠습니까?"

연구원이 박은성을 보자 끄덕임으로 시동을 걸어도 된다는 지시를 받았다. 그리고 시동이 걸렸다. 심장 고동과 같은 엔진 소리가 나면서 크랭크축이 힘차게 돌기 시작했다. 포드의 가슴이 크게 한번 뛰었다.

신조선 책기

두 개의 이름을 가진 대제국

'맙소사!'

포드의 머릿속에서 경악이 터져나왔다. 세계 최초의 V형 엔진이 눈앞에 있었다. 그것도 자동차의 왕이라 불리는 자신이 아닌 조선에서 개발됨에 포드가 심히 놀랐다.

루스벨트는 그의 얼굴과 시동이 걸린 엔진을 번갈아보면서 믿을 수 없다는 표정을 지었다. 그때 배기관과 연결되어 있는 특이한 부품을 포드가 발견했다. 그것에 대해서 연구원에게 물으려고 했다. 그의 기색을 먼저 알아차리고 박은성이 답했다.

"과급기입니다."

"과급기?"

"터보 차져라 불리는 부품입니다. 배기로 터빈을 돌리고, 터빈이 과급기를 돌려줘서 압축 공기를 흡기로 밀어 넣어 줍니다. 때문에 연료 연소율이 높습니다."

"어떻게 이런 것을……."

"저희도 얼떨결에 알게 됐습니다."

"……."

할 말을 잃어버렸다. 상상해본 적 없는 부품이 포드의 눈앞에 있었다. 이해를 못한 루스벨트가 다시 물었다.

"어떤 부품이기에 그리 놀라는 거요?"

그리고 포드가 그것을 알려줬다.

"과급기입니다. 간단하게 말씀드려서 연료를 태울 때 산소가 필요한데, 공기를 압축하면 그만큼 산소도 많아집니다. 그 공기를 엔진에 밀어 넣는 부품입니다."

"그러면 연료를 잘 태운다는 거요?"

"예. 이론적으로는 말입니다. 그리고 저희 회사에는 이런 부품을 만든 적이 없습니다."

포드모터스의 기술을 완전히 넘고 있었다. 적어도 이론으로 봤을 때 그의 눈앞에 있는 엔진은 세상에서 가장 강한 엔진이고, 엔진의 힘에 비해 크기가 작고 무게가 적은 엔진이었다. 웃음기를 지운 포드가 박은성에게 진심을 말했다.

"제가 도와드릴 게 없을 것 같습니다. 이미 조선의 엔진 제작 기술은 세상의 어떤 나라보다 앞서 있습니다. 실제로 차에 탑재해서 달렸을 때 아무 문제가 없다면 말입니다. 그것이 제가 내리는 평가입니다."

그리고 예상하지 못한 이야기를 포드가 박은성으로부터 들었다.

"그러면 차에 탑재해서 달리게 해보겠습니다."

"뭐… 뭐라고요……?"

"차를 달리게 해볼 테니 살펴봐주십시오. 포드 사장님으로부터 꼭 도움을 받고 싶습니다."

차에 탑재하겠다는 말에 포드의 눈동자가 흔들렸다.

"당장 보여주십시오."

막강한 힘을 가진 엔진이 제대로 개발되었는지, 그것이 조선인의 손으로 제대로 만들어졌는지 궁금했다. 포드의 요청에 박은성이 연구원들에게 지시했고, 연구원들은 신속히 엔진 시동을 끄고 준비되어 있던 차체를 포드와 루스벨트의 앞에서 공개했다. 차체를 본 미국인 사장들이 감탄했다.

"우와!"

"이런 차가……?!"

"맙소사. 어떻게 이런 모양이……!"

"……?!"

모습을 드러낸 차체에 감탄하지 않은 사람이 없었다. 박은성은 의기양양한 모습을 보였고, 루스벨트는 떨리는 시선으로 차체를 바라봤다. 그리고 포드는 자신의 관념이 크게 부서지는 것을 느꼈다.

미국과 세상을 주름잡는 포드퍼스트와 달리 차체가 많이 낮았고 앞뒤로 길게 뻗은 자동차였다. 때문에 뭔가 뚱뚱하게 보이기보단 날렵한 매처럼 생긴 차체였고, 앞으로 찌르듯이 달려 나갈 것 같았다. 박은성이 차체를 짚으며 설명했다.

"연구원들 중에 차체를 디자인하는 연구원이 있습니다."

"차체 디자인만 말입니까?"

"예. 그리고 공기 저항에 관한 연구도 함께 합니다. 그 결과물들이 이 문서 안에 담겨 있습니다. 한번 보시겠습니까?"

포드가 고개를 끄덕였고, 박은성이 문서를 넘겨줬다.

"살펴보시고 말씀해주십시오."

받은 문서를 포드가 펼쳐들었다. 그 안에 자동차의 다양한 형태가 담겨 있었다. 어떤 차는 차체가 바닥에 붙어 있듯이 납작한 차였고, 어떤 차는 포드퍼스트같이 생겼으면서도 후방의 트렁크가 낮은 경사면을 이루고 있었다.

그 그림 아래에 'SUV COUPE'라는 단어가 쓰여 있었다. 영어로 '세단'이라는 단어가 쓰여 있는 차가 있었고, '리무진'이라는 차와 '픽업트럭'이라는 차의 형태도 디자인되어 있었다.

모두가 하나같이 포드모터스에서 구상하는 자동차였다. 그러나 훨씬 발전적이었고 구체적이었다. 갖은 형태로 디자인된 휠이 포드의 시선을 사로잡았다. 곁에 있던 루스벨트가 문서를 확인하기를 원했다.

"나도 보여주시오."

문서를 넘겨받고 그는 크게 충격 받았다.

"이…이건……?!"

하마터면 다리가 풀릴 뻔했다. 포드가 차체와 엔진을 보면서 생각에 잠겼다.

'조선에서 어떻게 이런 자동차를 생각할 수 있지……?!'

의문을 가졌다가 한 사실을 깨우쳤다.

'맞아. 해리 존스씨가 조선인이었어. 그리고 존스씨가 데리고 온 사람들도 조선인이었지. 그러면 조선에서 이런 것을 만들 수도 있어…….'

포드퍼스트를 개발할 때 조선에서 온 사람들로부터 많은 도움을 받았다. 때문에 혹시나 하는 생각으로 박은성에게 물었다.

"혹시… 해리 존스씨를 아십니까?"

박은성이 웃으면서 대답했다.

"모릅니다."

"정말 모릅니까?"

"예. 혹시 자동차에 관한 기술자입니까?"

"아니요. 하지만 차에 대해서 잘 아는 사람은 맞습니다. 혹시나 해서 물었습니다."

"……."

모른다고 하니 어쩔 수 없었다. 더 이상 묻지 않고 차량 주행 시범을 보고 싶었다. 포드가 박은성에게 말했다.

"시운전을 보여주십시오."

그리고 야외주행시험장에서 엔진을 탑재한 차가 달리기 시작했다. 시동이 걸리고 차가 앞으로 치고 나가자 금세 고속에 접어들면서 주행장 끝에 이르렀다. 자동차의 성능에 비해서 주행장이 좁아 보였다. 사람들이 입을 벌리고 놀란 가운데 포드가 떨리는 목소리로 박은성에게 물었다.

"0마일에서 60마일까지 몇 초 걸립니까?"

가속력이 얼마나 되는지 물었고 대답을 들었다.

"변속이 신속히 이뤄지면 5초, 빠르면 4초대에 접어들기도 합니다."

"맙소사……!"

"달리기 위한 차이기 때문에 다른 부분에서는 많이 부족합니다. 주행안정성을 위해서 바퀴를 지지하는 댐퍼를 단단하게 했기 때문에 승차감은 그리 좋은 편이 못 됩니다. 하지만 그것을 극복하는 방법도 생각해서 연구 중입니다."

"어떤 방법을 말입니까?"

"댐퍼 안에 전자석과 철가루를 둬서 전기를 흘려보내고 말고에 따라 댐퍼의 운동을 억제하고 풀어주는 방법을 생각했습니다. 다만 정밀가공이 필요한 기술이라 제작한 적은 없습니다. 만약 개발된다면 평상시에는 승차감을, 달릴 땐 안정적으로 달릴 수 있을 거라 생각합니다."

모든 것이 경탄스러웠다. 미개함과 산업화가 뒤섞여 있는 조선에서 세상을 압도하는 기술과 인재들이 있는 것을 확인했다. 시험 주행을 벌인 차가 앞에서 섰고 차에서 내린 운전자가 손님들에게 인사했다. 그리고 포드가 박은성에게 부탁해 차의 보닛을 열었다. 그 안의 엔진과 변속기 위치를 보고 포드는 눈을 키웠다.

루스벨트가 궁금해 곁에서 물었다.

"또 놀랄 것이 있는 거요?"

포드가 대답했다.

"엔진 위치가 앞바퀴 축보다 조금 뒤에 있습니다."

"무슨 뜻이오?"

"무게 중심이 중앙으로 향해 있다는 뜻입니다. 그리고 변속기와 함께 중앙에 위치해 있어서 무게 배분이 탁월합니다. 만약 이걸로 경주용 차를 만든다면 대단한 성적이 나올 겁니다. 물론 제 예상이지만 말입니다."

"……."

"조선은 자동차에 관해서 대단한 기술력을 가졌습니다."

엄청난 긴장이 몰려왔다. 심지어 두렵기까지 했다. 차에 있어서는 문외한인 다른 미국인 사장들은 그저 눈앞에 놓인 차의 가격을 연구원에게 물었다. 그리고 연구원은 팔 수 없는 차라고 말했다. 대다수 미국인들의 생각은 하나로 통일되고 있었다.

'갖고 싶다!'

실내 내장이 고급스럽게 보이지는 않았지만 돈을 주면 그것은 얼마든지 바꿀 수 있었다. 문득 한 수 가르쳐줄 것이라는 생각이 지워졌다. 포드와 루스벨트가 시험차를 보고 있을 때 박은성이 식사가 준비되었음을 알려줬다.

"정찬이 준비되었습니다. 편히 식사를 하시고, 다시 뵙겠습니다."

과학기술부 관리의 안내를 받아서 연구소 식당으로 향해 푸짐한 식사를 했다. 쓰기 힘든 젓가락 대신 포크와 숟가락을 들고 음식을 먹었다.

거의 모든 사람들이 맛있게 음식을 먹을 때 포드는 그저 숟가락만 들고 밥 한술 뜨지 못했다. 생각에 잠겨서 식사를 해야 된다는 사실을 잊었다. 루스벨트가 포드를 보고 말을 걸었다.

"아까 전의 차를 생각하시오?"

그의 말에 정신을 차리고 솔직히 대답했다.

"예."

"내가 봐도 놀랍던데 포드 사장이 봤을 땐 더 대단했겠소."

"아마 오늘 본 기술과 부품으로 조선에서 자동차가 만들어지고 팔리기 시작한다면 시장에 대단한 충격이 일어날 겁니다. 아직 공장에서 생산하는 단계가 아니라는 것이 다행인 일입니다."

대답을 듣고 루스벨트가 주위를 돌아봤다. 포드의 이야기를 듣고 미국인 사장들이 식사를 잠시 중단한 가운데, 루스벨트는 식당에서 엿듣는 사람이 없는지부터 확인했다. 그리고 작은 목소리로 포드에게 물었다.

"어떻게 하면 막을 수 있겠소? 조선을 막아야 우리 기업이 살 수 있을 것 같은데……."

진지한 표정으로 포드에게 물었다. 포드는 잠시 고민하다가 자신에게 투자하고 도와줬던 성한을 기억했다. 그리고 그와 함께 했던 조선인들을 기억했다. 막을 수 있는 단계가 아니라는 것을 알려줬다.

“막을 수 없을 겁니다. 언젠가 조선이 오늘 보여준 기술로 차를 생산하고 팔 겁니다. 하지만 그 일이 일어나기 전에 이용할 수 있을 것 같습니다.”

“어떻게 말이오?”

“연구소에서 개발된 기술을 판다고 들었습니다. 이 연구소에서 개발된 기술을 포드모터스에서 구입해 새로운 차를 개발하고 생산하는 데에 쓴다면, 이를 넘어서는 기술도 개발할 수 있을 겁니다. 못해도 준하는 기술까지는 말입니다. 그리고…….”

“먼저 시장을 선점할 수 있겠군.”

“예. 포드모터스의 생산력으로 먼저 인지도를 쌓을 수 있습니다.”

포드의 이야기를 듣고 루스벨트가 잔잔한 미소를 지어보였다.

“드시오. 음식이 식겠소. 기술 구매에 관해서는 내가 직접 문의해보겠소.”

“감사합니다.”

할 수 있는 것과 할 수 없는 것을 냉철하게 구분 지었다. 다급하게 조선을 막으려 하지 않고 우호국으로서 조선을 이용해 먼저 도약하고자 했다. 식사를 마치고 루스벨트가 박은성을 만났다.

“조선의 자동차 기술이 상당하던데, 혹시 그 기술을 조선

회사에게만 파는 것이오?"

"그렇지만은 않습니다. 하지만 조정의 전략적인 결정이 있어야 합니다."

"허가는 내가 받아보겠소. 허가가 나면 우리 회사에 팔아 주시오."

"알겠습니다."

박은성에게 이야기해서 기술 구입에 대한 절차를 밟았다. 박은성의 보고는 곧 김인석과 김홍집에게 닿았고, 미국은 조선에 우호적인 나라였기에 충분히 기술을 팔 수 있다고 조정 차원에서 결정을 내렸다.

덕분에 V형 엔진과 과급기를 비롯한 기술을 포드모터스는 전수받을 수 있었다. 그 기술이 쓰인 차량 순수익의 3할을 조선 정부에 납세하기로 하면서 협상이 이뤄졌다. 박은성으로부터 계약서를 받은 포드는 세계 최고의 자동차 회사로 포드모터스가 자리를 굳힐 것이라고 생각했다.

"앞으로도 좋은 협력을 이룹시다. 그리고 조선인이 위대하다는 것을 세상이 알게 될 겁니다."

"감사합니다."

하늘 위로 라이트플라이어호가 날았다. 조선의 지원으로 미국인이 만든 비행기가 하늘을 나는 것을 보고 감탄했다. 그리고 그에 관한 기술 이전도 차후에 협상을 치르기로 했다.

도움을 주기보다 도움을 받았고, 팔러 갔다가 오히려 구매함으로써 내일을 꿈꿨다. 그리고 계속 조선에 머물면서

성대한 즉위식과 제국 창건식을 맞이했다.

* * *

1903년 10월 3일이었다. 세상의 지대한 관심 속에서 제국 창건식이 성대하게 열렸다. 육조거리에 십만명이 넘는 엄청난 인파가 몰렸다. 광화문에 높은 단상이 설치되었고, 그 주위를 특별히 경복궁만을 지키는 근위병들이 지켰다.

궐문은 굳게 닫혀 있었다. 백성들은 이희가 얼른 안에서 나오기를 고대했다. 웅성거리면서 기다리다가 한 백성이 흥분을 이기지 못하고 크게 외쳤다.

"대한제국 만세! 대고려제국 만세!"

"만세! 만세! 만세!"

"황제 폐하 만세!"

"와아아아~!"

함성이 크게 울려퍼졌다. 민심이 천심이라, 백성의 고함소리가 하늘을 부술 것 같이 울려퍼지고 있었다. 그리고 그 함성이 대궐 안을 가득 메웠다. 만세 소리가 안의 대신들과 귀빈들에게도 전해졌다.

조정이라 불리는 근정전 마당 양편에 귀빈석이 마련되고 그곳에 초청된 귀빈들이 앉았다. 이찬의 부인인 청하와 그녀의 여식인 서현이 함께 있었다. 그리고 태극무공훈장 수여자들과 태극명예훈장을 받은 김춘삼이 있었다.

정복으로 된 군복을 입고 이원회, 유성혁 등과 함께 나란히 앉아 있었다. 그리고 이응천과 박정엽, 이주현도 함께였다. 이주현이 박정엽의 옆구리를 슬쩍 찔렀다. 그는 작은 목소리로 즉위식을 보게 된것에 대한 감상을 전했다.

"여기에 와서 고종 황제 즉위식을 볼 줄 누가 알았겠어."

"그러게 말입니다."

곧 보게 될거라 생각하면서도 실감이 가지 않았다. 아마도 한달 이상 지나야 역사적인 일을 겪었다는 느낌이 들 것 같았다. 일본에서 윤영렬을 돕던 장성호도 잠시 한양에 와 있었다. 그 또한 김인석에게 이희의 황제 즉위식이 실감되지 않는다고 말했다.

그러면서 맞은편에 있던 귀빈들을 봤다. 익숙한 외모를 가진 위인이 바로 열걸음 너머에 있었다. 루스벨트가 장성호의 눈에 들어왔다.

"설마 루스벨트가 조선에 올 줄은 몰랐습니다."

"그러게 말일세. 본래대로라면 국권 피탈 직전에 그의 딸이 와서 행패를 부려야 하는데 말이야. 여기서는 본인이 와서 조선과 우의를 다지겠다고 하니 기막힌 일이지."

"아직 부통령이라니, 매킨리가 오래 사는 것 같습니다."

"역사가 바뀌었으니 말이야. 바뀌지 않았다면 루스벨트가 대통령일세."

원래라면 1901년에 매킨리가 암살당하고 루스벨트가 대통령이 되어야 했다. 그러나 어째서인지 미국을 흔든 암살사건은 벌어지지 않았고, 루스벨트는 여전히 매킨리를 보좌하고 있었다.

역사가 바뀌면서 나비 효과로 매킨리의 운명이 바뀌었다고 생각했다. 그리고 그 일에 대해서 전혀 아쉬워하지 않았다.

루스벨트가 웃고 있었고 그 뒤로 그와 함께 온 사람들이 있었다. 장성호의 시선이 그들에게 향했을 때 김인석이 추가로 협의한 것들을 알려줬다.

"남포에 포드모터스 공장을 세우고, 서한만과 7광구 유전에 대해서 US인더스트리와 조선 회사들이 힘을 합쳐 조사해보기로 했네."

"조사만입니까?"

"그래. 우리야 이미 유전이 있는 것을 알고 있지만 이 시대 사람들에게는 새로운 것이니 말이야. 원유가 매장되어 있는지부터 알아볼 것이네. 시추는 그 이후에 벌일 것이네."

"서한만과 7광구라니, 우리 때엔 끝물에 유전을 캐서 별 이득이 없었는데, 이번에는 제대로겠습니다."

"그러게 말일세."

기술 공유와 자원 개발을 위해 함께 힘쓰기로 했다. 그리고 조선의 영토와 영해인 만큼 생산 이익의 8할을 조선 회사가 가져가기로 계획하고 있었다. 반드시 조선 땅에서 원유가 터져나올 것이고, 그렇게 자원 부국으로 성장할 것이라고 생각했다.

그러면서 또 다른 귀빈석에 앉아 있는 사람들을 봤다. 영국 공사와 프랑스 공사, 러시아 공사 등이 눈에 보였다. 그들은 탐탁지 않은 시선으로 루스벨트를 쳐다보고 있었다. 강국의 고관이 찾아오는 것은 그 나라의 행사를 인정해주는 것과 같은 일이었다.

'조선을 제국으로 인정해주다니…….'

'미국 때문에 조선이 정말로 제국으로 대접받게 생겼어…….'

'루스벨트라니… 미국 정부는 대체 분위기라는 것을 모른단 말인가?'

하나같이 불편한 표정으로 미국인 귀빈들을 쳐다보고 있었다. 그리고 알렌이 그들을 슬쩍 보다가 근정문 쪽에서 소란이 일어나자 고개를 돌렸다.

이희를 보좌하는 궁내부 관리들이 눈에 보였다.

"주상 전하 납시오!"

앞에 선 관리가 크게 외쳤다. 궁정악단이 해금을 연주하기 시작하자 황제를 상징하는 황룡포를 입은 이희가 민자영과 함께 모습을 드러내 조정에 서 있던 모든 사람들로부터 인사를 받았다. 부통령인 루스벨트도 예의를 갖춰서 머리를 숙였다.

이희는 당당하게 조정 중앙을 따라 걸었다. 포드를 비롯한 미국 기업인들도 머리를 숙이면서 이희에게 예의를 갖췄다. 근정전 앞에는 작은 단상이 있었다. 그리고 그 위로 제단이 마련되어 새 나라의 복을 소망할 수 있는 자리가 있었다.

이희는 그 제단 위에 올라가 기도를 했다. 그가 기도하는

동안 아래에 있던 사람들은 침묵을 지켰다. 기도를 마친 이희가 제단에서 내려왔다. 그는 민자영과 나란히 서서 근정문 쪽을 보며 조정 양편에 선 사람들을 살폈다.

그러고 나서 손에 들린 첩지를 펼쳐서 읽으려고 했다.

각 나라 귀빈을 위한 역관이 대기하고 있었고, 이희가 첩지를 읽는 모습을 신문 기자가 사진으로 찍고 있었다.

정적이 조정을 가득 채우고 있었다.

숨을 크게 들이마신 이희가 큰 목소리로 천하에 새 나라가 창건되었음을 알렸다. 그 나라는 자유하며 공정함이 서린 나라였다. 조선이 당당한 독립국이라는 것을 이희가 세상에 알렸다.

조선이 개경에서 창건된지 어언 500년이 지났노라! 그 사이 흥함과 위기가 숱하게 일어나면서 조선의 역사를 만들었으니, 흥함은 다시 배울 것이요, 위기를 견딘 지혜를 다시 배울 것이다! 그로써 새 나라에서 정신을 이어받을 것이니, 새 나라의 국호는 대조선제국이라! 조선은 당당한 독립국이며 이 시각부터 과인을 짐이라 칭할 것이다! 또한 짐은 주상이 아니라 황제일 것이니, 앞으로 만인은 전하가 아닌 폐하로 짐을 경외토록 하라! 이는 백성들에게 군림하기 위함이 아니라 조선을 상징하는 짐으로 하여금 국위를 높이기 위함이다!

짐이 대조선제국 창건을 선포하노라!

이희의 선포에 김홍집이 두팔을 들면서 크게 외쳤다.

"대조선제국! 만세!"

"만세! 만세! 만세!"

"대조선제국! 황제 폐하 만세!"

"만세! 만세! 만세!"

대신들이 팔을 번쩍 올리면서 후창했다. 그로써 이희는 주상이 아니라 황상으로 불리기 시작했다.

첫번째 첩지를 놓고 두번째 첩지를 이희가 들었다. 이희는 끈을 풀어서 첩지를 펼치고 안의 연설문을 읽어내려갔다. 두번째 첩지는 대조선제국의 정체성이었다.

국호는 대조선제국이며, 대외국호는 대고려제국이다!

이는 단군이 세운 조선의 정신과 고려를 국호로 쓰는 고구려의 기상을 잇기 위함이다! 따라서 새 나라는 공정과 배려, 자유와 질서를 지향하고 불의를 멀리하며 정의를 추구하는 바, 인간을 널리 이롭게 하는 나라가 될 것이다! 또한 공정을 기반으로 하는 양성평등과 만인평등을 이루는 나라가 될 것이다!

세상에 필요하지 않는 사람은 없으니, 어떤 장애를 얻더라도 백성은 결코 나라로부터 버림받지 아니할 것이다! 배려 받으며 반드시 쓰임을 찾을 것이다!

만민이 하나가 되어 대조선을 이루리라!

악인은 반드시 벌을 받고 선인은 반드시 상을 받는 나라가 될 것인 즉, 성과를 공정하게 이루면 그에 합당한 대가

를 얻고 성공을 이룰 수 있는 나라가 될 것이다!

노력하면 꿈을 이룰 수 있는 나라가 바로 대조선제국이다!

새 나라의 국가정체를 만천하에 선포하노라!

감격한 대신들이 한번 더 크게 만세를 외쳤다.

"대조선제국! 황제 폐하! 만세!"

"만세! 만세! 만세!"

"와아아~!"

이희와 김인석의 시선이 마주쳤다.

'이만하면 되겠는가?'

'예. 폐하.'

두번째 첩지의 내용은 새로운 제국 헌법에서 쓰일 내용이었다. 김인석을 비롯한 천군의 조언을 참고해 작성한 연설문이었다. 그리고 그것은 새 나라의 기준이었으며, 헌법에 쓰일 내용이었다.

만세 외침과 함께 제국 창건 선포와 황위 즉위가 끝났다. 더 이상 이희는 주상이나 전하로 불릴 수 없었다. 세자인 이척은 군에 복무하고 있었기에 부대를 지켜야 해서 자리에 없었다. 단상에서 내려온 이희가 귀빈과 대신들로부터 축하를 받았다.

"경하 드립니다! 폐하!"

"만수무강하소서! 조선사에 이렇게 경사스런 날은 없을 겁니다!"

"고맙노라."

김홍집이 축하의 말을 건넸고, 이상재가 울먹이면서 이희의 강건함을 소망했다. 그리고 이희가 두사람에게 고맙다는 말을 했다. 이어 외눈안경을 쓴 백인이 앞으로 왔다. 그는 며칠 전 근정전에서 인사하고 함께 만찬을 즐겼던 귀빈이었다. 이희가 루스벨트에게 고마움을 표시했다.

"부통령."

"폐하."

"짐의 초청을 받아서 와줘서 고맙노라. 미리견 대통령에게도 짐의 감사를 전해달라."

"예. 폐하."

이어 태극무공훈장 수여자들과 태극명예훈장 수여자들을 만났다. 그들에게 이희가 먼저 목례했고, 훈장수여자들은 큰 감동을 받으면서 경례했다. 황룡포를 입은 이희의 모습을 본 이원회의 눈가가 촉촉해졌다.

"폐하. 경하 드립니다."

"고맙노라."

"소장은 이제 죽어도 여한이 없습니다. 황룡포를 입으신 폐하를 본 것만으로도 인생의 모든 것을 이뤘습니다. 참으로 경하 드립니다."

눈물을 흘리는 이원회의 손을 이희가 잡아줬다.

"제독이 없었다면 짐은 황제가 되지 못했을 것이다. 또한 조선도 제국이 되지 못했으리라."

"폐하……."

"참으로 고맙다."

"황은이 망극하옵니다. 폐하."

이희의 감사에 이원회가 끝내 눈물을 흘렸다. 그리고 그에게 이희가 오랫동안 강건하게 조선을 지켜달라고 말했다. 이원회는 팔순을 앞두고 있으면서도 그럴 것이라고 말했다.

이어 대신들의 축하를 마저 받고 돌아서니 전사자의 유족들이 이희의 앞에 있었다. 어린 여아의 손을 잡은 한 여인이 이희에게 목례하면서 축하의 뜻을 전했다.

그녀는 청하였고, 손을 잡은 아이는 서현이었다.

이희가 앞으로 와서 서현의 머리를 쓰다듬었다. 그러자 청하가 놀랐고, 서현은 철없는 시선으로 이희를 멀뚱히 올려다봤다. 이희가 청하에게 딸이냐고 물었다.

"여식인가?"

"예… 예. 폐하……."

"짐이 한 연설을 기억하는가?"

"예."

"이 아이가 꿈을 이룰 수 있는 나라로 만들 것이다. 그렇게 할 수 있도록 대신들과 머리를 맞댈 것이다. 너는 대신들과 짐이 하는 일을 지켜보라. 아이의 아비인 이찬 병장에게 감사함을 전한다."

"황은이 망극하옵니다… 폐하……."

황제가 나라를 위해서 싸우다 죽은 지아비를 기억해주고 있었다. 그것만큼 청하가 이희에게 바라는 것은 없었다.

청하는 감사해하며 이희에게 허리를 굽혔고, 그녀를 따라 다른 유족들도 허리를 굽히며 감사의 뜻을 전했다.

그들의 마음을 위로하고 외국 공사관원들로부터도 축하한다는 말을 들었다. 그리고 김인석이 하는 말을 들었다.

"백성들이 기다리고 있습니다. 폐하."

광화문 너머에 백성들이 기다리고 있었다. 근정문을 향해서 이희가 걸었고, 그의 곁을 민자영이 지키고 뒤로 대신들이 따랐다. 신문 기자들은 사진기를 들고 움직였다. 광화문이 열리자 모여 있던 백성들이 함성을 질렀다.

"문이 열렸다!"

"폐하께서 나오신다!"

"대조선제국 황제 폐하! 만세!"

"와아아아아~!"

단상 위에 오른 이희가 팔을 들어 보였다. 백성들이 환호하면서 기뻐했고, 그 모습이 기자들의 사진기 속에 담겼다. 다음 날 신문을 발행함으로써 제국이 된 조선의 경사를 이어가려고 했다. 들었던 팔을 내리고 이희가 숨을 크게 쉬면서 호흡을 골랐다. 자리에 참석하지 못한 사람들이 있었다.

"유과장도 있었다면 좋을 텐데."

뒤에서 김인석이 말했다.

"조선에 있었다면 모르겠지만 외국에서 워낙 중요한 일을 하고 있으니… 부르지 못해 신 또한 아쉽습니다. 경하드린다는 전문을 보냈고 미국에서 얻은 수익을 축하금으로 보내겠다고 하였습니다. 조만간 금괴와 외화를 실은 배가 도착할 것입니다."

"그 돈을 새 나라의 미래를 닦는 데에 쓰라."

"예. 폐하. 황은이 망극하옵니다."

미국에 가 있는 천군이 참석하지 못했다. 그들이 오지 못해 아쉬웠지만 조선을 위한 일이었기에 그곳에 당연히 있어야 한다고 생각했다. 그리고 백성들을 보며 할 일을 생각했다. 이희의 머릿속에 반드시 기억해야 할 사람들이 있었다.

"가야 할 곳이 있군."

황제가 되고 가장 먼저 해야 할 일이었다. 황실이 된 왕실과 나라, 백성을 위해 목숨을 던졌던 영웅들이 있었다. 그들을 반드시 기억해야 했다. 그것이 이희가 할 수 있는 일이자 반드시 해야 하는 일이었다.

백성들에게는 공공을 위한 일을 하는 사람들 외에 3일 동안의 휴일이 주어졌다. 다음 날, 이희는 대전으로 향해 감사를 표시해야 될 이들을 만나 고개를 숙였다. 현충원에서 늘어선 묘비 앞에서 눈을 감았다. 적지로 백성과 다를 바 없던 군사들을 보냈던 일을 기억했다. 이희는 다시 눈을 뜨고 고개를 들었다.

"가지."

"예. 폐하."

묵념한 이희가 발걸음을 옮겼고, 그 뒤로 새 조정의 대신들이 움직였다. 뒤를 따르는 대신들은 김홍집과 김인석,

장성호, 이상재 등이었다. 땅에 묻힌 이들의 이름이 묘역 입구에 위치한 큰 비문에 쓰여 있었다.

그 이름을 보고 이희가 한번 더 그들을 기억했다.

"참으로 고맙노라… 그리고 미안하다……."

영면한 영웅들에게 감사와 미안한 마음을 동시에 전했다. 그리고 다시 걸음을 옮겼다.

황제가 현충원에 행차했을 때 묘역을 방문했던 백성들이 허리를 굽히며 감사의 뜻을 전했다. 이희는 현충원 입구에서 포드퍼스트에 올라 대전역으로 향하려고 했다.

그때 김인석이 소식 하나를 알려줬다.

"유과장이 다시 경하 드린다고 전문을 보냈습니다."

"고맙다고 전하라."

"예. 폐하. 그리고 한가지 소식이 더 있습니다. 유과장과 안의원이 두달 후에 혼례를 치른다고 합니다."

김인석의 말을 듣고 이희가 눈을 키우면서 놀랐다. 그리고 이내 잔잔한 미소를 지었다.

"경사가 끊이질 않는군."

"예. 폐하."

"유과장에게 짐이 축하한다는 이야기를 전해달라."

"예. 폐하. 황은이 망극하옵니다."

포드퍼스트는 직선으로 뻗은 도로를 달렸다. 모든 것이 순탄하게 잘 흘러가며 화평이 이뤄지는 듯했다.

기쁜 일이 넘쳐나고 만인이 무사태평하기를 소망했다. 그러나 이희는 미래에서 온 후손들을 통해 앞으로 어떤 일이 있을지를 알고 있었다.
때문에 그 일을 미리 대비코자 했다.

* * *

하얀 드레스를 입은 지연이 순백의 카펫 위를 걸었다. 그녀의 곁에는 성한이 있었다. 두사람은 맨하튼의 한 교회에서 예식을 치렀다. 주례대 앞에 안경을 쓴 서재필이 있었고, 그는 흐뭇한 미소로 두사람을 보며 목례로 인사했다. 성한과 지연도 서재필에게 목례하면서 인사했다.

성한의 부탁으로 서재필이 주례를 맡았다. 품 안에 있던 종이를 꺼내서 펼쳤고, 개신교인인 그가 성경을 꺼내 주례대 위에 놓고 두사람을 위한 이야기를 전하기 시작했다. 사랑과 인내가 함께하기를 소망했다.

남자의 뼈와 살로 여자가 만들어졌습니다. 이는 여자가 남자에 속하는 것이 아닌, 서로 한 뼈요, 한 살이며, 사랑하라는 것을 뜻합니다.

여자의 머리에 남자가 있고, 남자의 머리 위에 하나님께서 계십니다. 이 또한 여자가 남자에 속하는 것이 아닌, 남자의 결정을 존중해야 한다는 것을 뜻합니다. 남자 역시 뱀의 지혜를 가진 여자의 의견을 존중해야 됩니다. 아내는 비둘기의 선함과 뱀의 지혜를 함께 가져야 하며, 남편은 그런 아내의 의견을 존중해 결단하고 책임을 져야 합니다.

그것이 이 안에 담겨 있는 하나님의 말씀입니다.
부부의 사랑은 절대 설렘이나 애틋함에 근거해서 이뤄져서는 안 됩니다. 서로를 책임져야 하는 만큼 반드시 고단하며, 앞으로 수많은 풍파가 올 것인 바, 함께 견뎌야 합니다.
난파선에서도 혼자 살겠다고 도망치지 말아야 하며, 어려운 순간을 인내하며 함께 이겨내야 합니다.
부부의 사랑은 인내를 근거로 하는 사랑입니다.
이를 잊지 말고, 서로 아끼며 사랑하길 빌겠습니다. 그리고 인내 가운데 달콤하게 찾아오는 기쁨과 행복을 누리길 바랍니다.
자녀를 낳고 생육하고 번성하길 빌겠습니다.
신랑 신부에게 이에 대한 맹세의 대답을 듣겠습니다.

주례 끝에 부부로서의 맹세를 들으려고 했다. 그 맹세는 세상의 어떤 맹세보다 무겁고 반드시 지켜져야 하는 것이다. 성한과 지연이 서로를 쳐다보고 웃으면서 대답했다.
"맹세하겠습니다."
"사랑합니까?"
"사랑하겠습니다."
"그러면 신랑은 신부의 왼손 약지에 반지를 끼워주십시오."
부부로서의 사랑을 맹세하고 준비된 반지를 성한이 지연의 손가락에 끼워넣었다. 그 모습을 본 서재필이 환하게 미소 지으면서 말했다.

"서약의 키스를 하기 바랍니다."

말이 떨어지기가 무섭게 지연이 성한의 얼굴을 잡았다.

"야… 야……?"

"가만히 있어."

"……!"

성한은 눈을 질끈 감았다. 그런 성한의 입에 지연이 입술을 맞추자 사람들이 환호했다. 성한은 엉겁결에 지연의 허리를 붙들었다. 샌디에이고에서 온 정욱이 입 앞으로 손을 모아서 크게 소리쳤다.

"안지연! 멋있다~!"

"이야~!"

남자들의 입에서 감탄이 흘러나왔다.

미국 전역에 흩어져 있던 연구원들이 모였고, 정우식, 이성철, 김세연 등을 비롯한 옛 과장들도 모여 둘의 결혼을 축하했다. 석천과 대원들도 함께 박수를 쳤다. 양장을 입은 대원들 중에 예쁜 원피스를 입은 심유정도 있었다.

모두가 성한과 지연의 결혼에 기뻐했다. 만인의 축하를 받으면서 두사람이 손을 잡고 식장에서 빠져나갔다. 그리고 피로연이 열리고 한번 더 축하를 받았다.

유정이 지연의 손을 꼭 잡았다.

"언니. 축하해요."

"그래. 유정아. 고마워."

"아이는 몇 명 나을 거예요?"

"늦게 결혼해서 많이는 못 낳고, 한 세명?"

"많은데요? 고생하는 거 아니에요?"
"나보다는 성한이 고생해야 할거야. 낳는 것보다 만드는 게 더 힘들어."
지연과 유정이 성한을 쳐다봤다. 대원들과 이야기하던 성한은 두사람의 시선을 느끼고 할 말이 있냐는 듯이 자신을 가리켰다. 그리고 지연과 유정은 성한을 보면서 피식 웃었다.
화평이 이어지기를 소망했다. 그것이 이뤄질 수 없다는 것을 알면서도 당분간은 평화로운 시간을 보내고자 했다.
단잠을 자는 것같이 행복한 꿈을 꾸면서 내일이 오기를 기다렸다. 그로부터 수년이 지났다. 그리고 역사가 바뀌었다. 미래에서 온 후손들이 조선을 위대한 나라로 만들고 있었다.
생존을 위해 미래로의 시간을 앞당기고 있었다.

명품보다 이름값을 기억하다

몇 년의 시간이 흘렀다. 창공이 푸르렀고, 바다물결은 여느 때보다 잔잔했다. 조금씩 들리는 파도 소리가 그동안의 수고를 인정하며 노래를 부르는 듯했다.

해병을 상징하는 해변에 단상이 세워지고 앞으로 천명이 넘는 병력이 모였다. 그들은 오와 열을 맞추며 군기 있는 모습을 보였다. 그리고 정복을 입은 이척이 단상 위에 올라 휘하 장병들의 얼굴을 살폈다.

저마다의 대대와 각각의 연대에서 대표로 온 병력이었다. 그들 중 일부 장교와 부사관들과 함께 전장에서 적을 상대로 싸워서 이겨 나라를 지켰다.

이척은 눈을 감고 총성이 머물렀던 전장의 기억을 떠올렸다. 그리고 눈을 떴다. 도열한 장병들에게 나라를 지킴에 힘써줄 것을 당부했다.

"무엇보다 나라와 백성을 위해서 목숨을 바쳐라! 누구도 아닌, 이 나라의 상징인 황실보다 제군이 소중히 여기는 부모와 처와 자녀 그리고 친구들을 위해 고된 훈련을 견디고 강한 부대로 거듭나라! 그리하여 전장에서는 임전무퇴의 정신으로 명령을 따라 적을 상대하라! 그러면 조선의 후대가 지켜질 것이다! 만대 광영의 역사가 제군들을 통해서 이뤄질 것이다!"

마지막 훈시였고, 작별 인사를 고했다. 단상 아래의 보고자가 돌아서면서 크게 외쳤다.

"부대! 차렷! 필승! 훈시 끝!"

"쉬어!"

"부대! 열중쉬어! 쉬어!"

떠나는 이척에게 장병들이 크게 외쳤다.

"수고하셨습니다! 사단장님!"

"고생하셨습니다! 세자 저하!"

세자 이척이 소장 계급을 끝으로 군에서 전역했다. 해병 1사단이 그의 마지막 보직이었다. 이척이 신임 사단장에게 지휘권을 넘기고 단상에서 내려가자 모든 장병들이 존경의 마음을 갖고 큰 소리로 그를 부르짖었다.

더 이상 그는 군인이 아니었다. 군인으로 돌아오기 위해서는 조선에 큰 난리가 일어나고 동원령이 내려져야 했다. 혹은 그가 황제로 즉위하는 즉시 통수권자로 군 지휘를 벌일 수 있었다.

해병 1사단 주둔지인 제주도에서 배를 통해 제물포를 거친 뒤 한양에 도착했다. 황도로 돌아온 이척은 곧바로 황태자 즉위식을 치렀고, 그와 피를 나눈 옛 전우들이 조정으로 불려 이척의 즉위식을 구경했다.

대신들과 언론사 기자들이 조정을 채운 가운데, 태극명예훈장 수여자인 김춘삼과 그의 후임이었던 이철호 등이 귀빈석을 채웠다. 그리고 조복을 입은 이척이 황태자의 위에 올랐다.

황제인 이희가 태자가 된 자식에게 당부의 말을 전했다.

"이제부터 태자는 짐에 이어 황위에 오를 자격을 얻게 된 바, 황위에 즉위하는 순간까지 끊임없이 시험받고 검증될 것이다. 그 시험과 검증은 짐과 대신과 백성들을 통해서 이뤄질 것이다. 태자는 만인이 보기에 솔선수범하며, 정의롭고, 대조선제국의 국위를 드높일 수 있도록 하라."

"예. 아바마마."

"태자비도 태자와 함께 만대에 본을 보이도록 하라."

이척과 그의 아내인 민씨가 함께 허리를 굽히며 이희에게 예를 올렸다. 그리고 황후가 된 어미인 민자영에게도 허리를 굽히며 인사한 뒤, 그로써 완전하게 황태자와 태자비로 책봉됐다.

이척의 황태자 즉위에 조선의 만민이 기뻐했다.

"대조선제국, 황제 폐하! 만세!"

"만세! 만세! 만세!"

"대조선제국, 황태자 전하! 천세!"

"천세! 천세! 천세!"

"와아아아~!"

이희와 이척의 위명을 드높이며 조선의 만대 광영이 이어지길 소망했다. 그리고 이희가 기쁜 마음으로 백성들의 외침을 들었다.

그의 곁에는 김홍집과 김인석, 이상재, 박은성, 이시영 등이 있었고, 조선의 내일을 함께 열어젖히고 있었다. 이희는 그들에게 마음속으로 감사를 표했다.

'경들이 있음에 짐이 이 자리에 있음이야.'

그 눈치를 알았는지 김인석이 머리를 숙였다. 이희는 고개를 끄덕이면서 다시 한번 감사를 표했다. 성대한 황태자 즉위식이 끝난 뒤, 조선은 일상으로 돌아갔다.

전보다 더욱 개화하고 발전하면서 기술적 진보를 이뤄냈다. 과학기술부 아래에 선진기술개발연구소가 있었다.

과학기술부 대신인 박은성이 직접 책임지는 곳이었다. 선진기술개발연구소는 조선의 산업에 필요한 각종 기술을 개발하고 있었다. 그리고 조선의 각 기업을 지원하면서 도왔다.

조선철도공사에서는 새로운 기관차가 개발됐다. 사장인 박기종이 직접 개발한 열차가 서울 역사 안으로 들어왔다. 꽃종이가 휘날리고 폭죽이 터지면서 새 열차의 상업 운행을 축하했다. 새로운 열차는 하얀 수증기가 아닌 회색빛 연기를 뿜어내는 열차였다.

"정말 6시간 만에 부산까지 간단 말이야?"
"그렇다니까. 그러니까 빨리 타."
신문으로 알려진 열차의 속도를 기대했다. 그리고 부산으로 향하는 열차에 사람들이 몸을 실었다. 새 열차와 객차를 보고 있던 박기종이 잔잔하게 미소를 지으며 결국 해냈다는 외침을 마음속으로 하였다.
인생 황혼에 모든 것을 이뤘다. 의자에서 몸을 일으키면서 직원들에게 말했다.
"우리도 타세."
"예. 사장님."
황실과 조정 대신들에게 열차가 공개된 이후 백성들에게 처음으로 새 열차가 공개됐다. 함께 열차를 타고 부산으로 향했고, 서울에서 부산까지 걸린 시간은 고작 6시간에 불과했다. 기차를 타고 부산으로 가는 동안 박기종이 박은성으로부터 들었던 말을 기억했다.
'하늘을 날아다니는 비행기는 갈수록 커질 겁니다. 하지만 그렇다고 해서 기차의 시대가 저물지는 않습니다. 객차나 화물차 수를 늘려서 얼마든지 붙일 수 있고, 철로만 깔려 있으면 한번에 그 모든 것을 옮길 수 있습니다. 요컨대 속도가 빠르면 빠를수록 기차의 경쟁력은 월등해집니다.'
경유를 태워서 추진력을 얻는 디젤 기관차와 고성능 전동기로 바퀴를 굴리는 고속전철, 자석으로 열차를 띄워서 앞으로 보내는 자기부상열차에 대한 개념도 들었다. 그리고 이해를 못해 애를 먹었던 진공관 열차에 관해서도 설명을 들었다.

아마도 거기까지 개발할 수는 없을 것이다. 그 열차들을 반드시 눈으로 보고 싶었지만 어쩔 수 없는 것은 어쩔 수 없었다. 그는 여태껏 이뤄온 성과에 만족했다.

'여기까지로군…….'

나머지는 후손들에게 맡기고자 했다.

신형 디젤 기관차가 조선 팔도를 누비기 시작했다는 소식이 신문에 실려 사람들에게 알려졌다. 내각이 바뀌면서 김인석이 총리가 되었다. 신문을 읽으면서 백성들이 디젤 기관차를 좋아한다는 소식에 흡족한 미소를 지었다.

그의 곁에는 박은성이 있었다.

"기본적인 것들이 갖춰지니 가속합니다. 이제 거침없이 개발하고 발전하는 일만 남은 것 같습니다. 고속전철은 언제쯤 개발될 것 같습니까?"

"소재와 정밀 기계 가공만 가능하다면 얼마든지 개발할 수 있습니다. 하지만 그것을 갖추는 데에 시간이 걸립니다."

"그래도 본래보다는 빨리 개발되지 않겠습니까?"

"맞습니다."

"빨리 개발되어서 세계가 놀라면 참 좋을 것 같습니다. 더 이상 조선을 무시하는 나라가 없도록 말입니다. 참으로 수고하셨습니다."

산업 기반이 갖춰지자 미래로 급가속하며 달리기 시작했다. 무산을 비롯한 함경도 광산에서 철광석과 각종 광석들

이 채광되고 해주, 청진을 포함한 제철소에서 연일 막대한 철강이 생산되었다. 그리고 강원도 남쪽과 경상도 북쪽에서 석회석이 채광됐다.

석회는 모래와 섞여 시멘트가 되었고, 철근 콘크리트로 변하면서 대역사를 이뤄가고 있었다. 경강에 다리가 계속해서 놓였고, 전국을 거미줄처럼 잇는 국도가 완성되었다. 1차로 비포장 형태로 확장을 하고, 핵심 국도는 아스팔트로 포장을 해 차가 쉽게 달리기 시작했다.

포드퍼스트와 함께 서라벌상사의 자회사인 '금성차'의 차도 도로를 누볐다. 포드퍼스트와 유사한 형태를 가진 첫 차는 '천마'라는 이름을 얻고 조선 사람들의 자부심이 됐다. 육조거리를 달리는 차들이 늘어나고 있었다. 콘크리트로 새롭게 지어진 정부 청사에서 김인석이 창문을 통해 밖을 살피고 있을 때였다. 그의 집무실로 비서가 들어왔다.

"총리대신."

"음? 무슨 일인가?"

"제독께서 임종하셨습니다."

"……?!"

"오늘 새벽에 광주 집에서 떠나셨다 합니다. 폐하께서도 소식을 받으셨습니다."

"……."

별이 떨어졌다는 소식에 정적이 감돌았다. 비서의 보고에 할 말을 잃기는 박은성도 마찬가지였다. 일본을 상대로 연전연승 하면서 충무공의 위용에 버금갔던 영웅의 무용을 기억했다. 그를 떠올리며 김인석이 비서에게 말했다.

"내일 오전 정무만 살피고 가도록 하지."

"알겠습니다. 총리대신."

조정 대신과 모든 관리에게 이원회의 임종 소식이 전해졌다. 김인석은 이른 새벽에 정부 청사에 출근해 정무를 벌였다. 그리고 정오 가까이가 되자 천마를 타고 조정 대신들과 함께 이원회의 집으로 향했다. 이원회의 집에 도착한 김인석은 상주인 이윤재를 위로했다.

"부친께선 조선을 지키신 위대한 영웅입니다. 비록 슬프고 어려운 일을 겪게 됐지만 부친에 대한 자부심을 잃지 않고 본받으면서 살길 원합니다. 저 또한 그리할 것입니다."

"감사합니다. 총리대신."

김인석은 대신들과 함께 이원회의 위패 앞에서 묵념했다. 유성혁은 거수경례로 이원회에 대한 마지막 경의를 나타냈다. 마을 주민들이 와서 이원회의 집 주변에서 울음을 터트렸다.

"아이고오~! 우리 제독께서 이리 가시다니!"

"제독님이 안 계시면 조선의 바다는 누가 지킨답니까?!"

"이리 가시면 안 됩니다! 제독님!"

주저앉아서 땅을 치며 대성통곡했다.

제독 직을 내려두고 은퇴를 한 뒤 낙향해 고을 아이들에게는 인자한 할아버지가 됐고, 주민들에게는 영도력을 가진 큰 어르신이 됐다. 비가 크게 내렸을 때 둑이 터지지 않았던 것은 모두 이원회가 주민들을 지도하며 관리했기 때문이다.

그에 대한 경의와 감사를 주민들이 함께 가졌다. 그리고 주민들만큼이나 그를 경외하는 사람이 그의 집을 방문했다. 이희가 이척과 함께 행차했다.

"황제 폐하, 행차시오!"

"오오……!"

"황제 폐하께서……?!"

집 주변에 모여 있던 주민들이 술렁였다. 이희가 천마에서 하차했고, 이척이 포드퍼스트에서 하차하면서 사람들의 시선을 끌어모았다. 근위대가 두사람을 보호하기 위해 백성들의 접근을 막으려 할 때 이희가 호통을 치면서 그들의 행동을 막았다. 백성의 안전이 우선이었다.

"짐의 백성이다. 어느 백성도 짐에게는 위험하지 않다. 짐이 길을 열어달라고 말할 것이다."

근위대장이 송구하다는 말과 함께 장병들을 물렸다. 이희는 곧바로 주민들에게 부탁했다.

"제독을 보고자 한다. 길을 열어달라."

백성들이 입을 모아 크게 외쳤다.

"폐하께서 행차하셨어! 어서 길을 열어드려!"

집 안팎을 가리지 않고 사람들이 물러섰다. 그러자 안에서 김인석과 대신들이 나와 이희에게 목례로 인사했다.

이희가 이원회의 집을 보고 잠시 할 말을 잃었다. 그리고 확인하듯이 김인석에게 물었다.

"이곳이 제독의 집인가?"

"예. 폐하."
"허름하다. 이리 허름한 집에서 살았는가?"
"허름해 보여도 지내기엔 무리가 없다 하여 해마다 수리하며 지냈습니다."
"제독으로서 적지 않은 녹봉을 받았을 것이다. 그 돈은 대체 어찌했단 말인가?"
"자선을 벌이는 사람들에게 맡긴 것으로 압니다. 하루 밥 세끼 식사를 할 수 있고 적당히 옷을 입을 수 있을 정도면 충분하다고……."
"참으로 영웅이다! 그런 영웅을 짐이 늦게 알아봤음이야! 그리고 이제 떠나보냄에 참으로 안타깝고 애석한 일이다! 그런 자를 우리는 일찍 알아봤어야 했다!"
"예……."
"안으로 안내해달라."
"예. 폐하……."
김인석이 방으로 이희를 이끌었다.
상주인 윤재가 이희의 행차에 눈물을 터트렸다.
이원회의 가족이 보고 있는 앞에서 군복을 입고 온 이희가 이척과 함께 경례로 사자에 대한 예의를 지켰다.
태극무공훈장 수여자에게 황제가 먼저 경례했고, 이원회의 가족과 백성들은 방 안팎에서 지켜보며 감동을 받았다. 윤재가 이희에게 목례했고, 이희가 그의 손을 어루만져주면서 위로했다. 이희가 이원회의 자식에게 약속했다.
"너의 아비는 조선을 지킨 영웅이며, 짐에게는 황실을 구

한 은인이다. 마땅히 성대한 장례식이 치러져야 할 것이다."

"예… 황은이 망극하옵니다… 폐하……."

어깨를 두드렸고 이희가 친히 이원회의 가족을 위로했다. 그 모습을 보고 백성들이 눈물지었다.

"저분이 우리의 군주셔……."

"황제 폐하께서 저리 친히 살펴주시다니……."

"이렇게 자비로우실 수가……."

다시금 이희의 인자함을 확인했다. 그리고 그에게 충성을 다하는 삶을 살 것이라 주민들이 크게 다짐했다. 유족을 위로한 이희가 김인석에게 황명을 내렸다. 나라를 지킨 이원회를 기억하고자 했다.

"만백성이 제독을 추모할 수 있도록 조치를 취하라. 짐은 영웅의 장례식을 영웅의 집에서만 치르도록 만들지 않을 것이다. 마땅히 나라가 그의 장례를 치러야 한다."

"황은이 망극하옵니다. 폐하."

이희의 명을 받아서 김인석이 대신들과 관리들에게 조치를 전했다.

다음 날 전국 관아에 영웅을 기억하는 분향소가 차려지고, 그 앞에서 백성들이 각자의 방식대로 이원회를 추모했다. 만민이 그를 보냄에 슬퍼했고 아쉬워했다. 그리고 이원회의 관이 실린 차가 남대문 앞에 섰을 때 한양 백성들이 나와 그의 마지막 길을 배웅했다.

국장으로 태자인 이척이 이원회의 장례를 책임졌다.

"앞으로!"

조총 소리가 크게 울려퍼지고 길을 따라 양편으로 늘어선 육해군 장병들이 경례했다. 그러자 백성들이 목례하며 떠나는 이원회에게 인사했다.

생전에 그는 전사한 장병들 곁에 묻히고 싶다고 말했다. 그런 고인의 유언을 따라 이원회는 대전 현충원 병사 묘역에 해군 수병들과 함께 영면하게 되었다. 그에 관한 소식은 신문을 통해 세상에 알려졌고, 영관 이상의 장교들에게 깊은 감명을 안겨줬다.

이원회의 장례식이 끝난지 한달 지나지 않았을 때였다.

"아야."

"엄살이십니까?"

"엄살이 아니라 정말 아파서 그렇습니다. 그래서 살살 놓아달라고……."

"제가 살살 놓을 것처럼 보입니까?"

"……."

"일단 수액에 해열제를 함께 투여했으니 느긋하게 맞고 나면 열이 내려갈 겁니다. 주무시면서 푹 쉬시기 바랍니다. 나중에 다시 보겠습니다."

"예……."

박은성이 열감기에 걸려 제중원에 입원했다. 여전히 몸이 좋은 동현으로부터 주사를 맞았고, 침상에 누워서 천장을 바라봤다. 천장을 보다가 박은성은 눈을 감고 잠을 청했다. 그러나 잠이 오지 않자 그저 누워 있는 것이 지겨워지

기 시작했다. 결국 그는 침상에서 일어났다.

"어휴. 지겨워."

열은 있었다. 그러나 해열제 덕분인지 많이 낮아졌다. 침상에 높게 세워진 걸이에서 수액 병을 들고 이동식 걸이에 걸었다. 바퀴 없이 손으로 들어서 옮겨야 하는 수액걸이였다. 그리고 그것을 들고 후원으로 나가 의자에 앉았다.

금색과 적색으로 물든 낙엽을 보면서 사색에 잠겼다. 그때, 박은성을 알아본 사람이 있었으니 이미 그의 얼굴은 신문을 통해 전국에 알려져 있었다. 의자 앞에 선 사람이 은성에게 말을 걸었다.

"저……."

"……?"

"과학기술부 대신이 맞으십니까?"

양장을 입은 사람이었고 매우 멀쩡해 보였다. 아무래도 제중원에 진료를 받으려고 온 사람은 아닌 것 같았다. 남자가 자신에게 신원을 묻자 은성이 고개를 끄덕이면서 대답했다.

"맞습니다."

"역시! 처음 뵙겠습니다! 저는 청송 라리라는 고을에서 온 배해성이라고 합니다! 뵙게 되어 영광입니다!"

허리를 지각으로 굽히며 박은성에게 인사했다.

자신보다 나이 많은 남자가 심히 존대하자 은성이 자리에서 일어나 몸 둘 바 모르는 모습을 보였다. 그리고 은성에게 남자가 간청했다.

"저, 과학기술부 대신."
"말씀하십시오."
"긴히 간청드릴 것이 있습니다."
"예?"
"그게… 다시 대신을 뵙기 힘들 것 같아 갑자기 말씀드리는 겁니다. 저는 사리원에서 자동차 회사를 차리려고……."
"거기까지."
"예, 예……?"
"회사를 차리는데 도와달라는 거 아닙니까? 기술 지원 혹은 뒤를 봐달라 그거 아닙니까?"
은성이 지레짐작하면서 부탁을 거절했고, 배해성은 반은 맞지만 반은 틀렸다고 말했다. 당당히 말할 수 있는 이유가 있었다.
"불법이 아니라 합법적으로 지원을 얻을 겁니다. 회사를 설립하고 나면 당연히 기술료를 내고 자동차를 생산할 거고요. 뒤를 봐달라 부탁드리는 것도 아닙니다."
은성이 심드렁한 표정으로 물었다.
"그러면 뭡니까? 합법적인 방법 안에서는 제가 도와줄 일이 전혀 없는데요?"
해성이 다시 정중하게 부탁했다.
"조언을 얻고 싶습니다."
은성이 되물었다.
"어떤 조언을 말입니까?"

"포드퍼스트, 천마를 뛰어넘는 방법을 말입니다. 저의 목표는 두 자동차를 넘어서는 차를 만드는 것입니다."

해성의 의지를 듣고 은성이 다시 그의 행색을 살폈다. 해성은 머리부터 발끝까지 고급 양장을 입고 있었고 손은 어떤 사람이 보더라도 거칠게 보였다. 자동차 회사를 차린다는 그의 말에 주목하면서 짐작했다.

'돈은 많은데, 험한 일을 피하지 않았군.'

그리고 해성에게 신원을 물었다.

"포드모터스, 금성차. 둘 중 어디입니까?"

"예?"

"아니면 남강상사의 자동차 회사입니까? 어디 회사에서 일했습니까?"

유복한 집안의 기술자라고 생각했다.

그리고 은성의 짐작이 맞았다.

"포드모터스입니다."

"생산 쪽이었습니까? 개발 쪽이었습니까?"

"생산이었습니다. 솔직히 차를 만들고 싶어서 입사했는데, 제가 생각하던 일이 아니어서 바로 나왔습니다."

"부품만 잔뜩 만들어서?"

"예. 제가 맡은 부품만 반복해서 계속 만들었습니다. 그래서 아예 자동차 회사를 차리려고 나왔습니다. 저는 세계 최고의 자동차를 만들고 싶습니다."

해성의 이야기를 듣고 은성이 고개를 끄덕였다. 그의 마음을 충분히 이해했다. 그리고 해성이 뒤늦게 은성의 팔에

꽂힌 주삿바늘을 확인했다.

"송구합니다. 제가 대감께서 휴식을 취하고 계신데 괜히 방해를……."

"아닙니다. 괜찮습니다. 다만 제가 어떻게 도와드릴 수 있는지 생각 중입니다. 합법적으로 말입니다. 위법이 아니라면 얼마든지 도와드리고 싶습니다."

말이라도 감사했다. 자신에게 존대해주는 박은성의 모습에 해성은 더욱 감동받았다. 그리고 고민하던 은성이 하는 이야기를 들었다.

"아시다시피 포드모터스와 금성차는 최고의 기술을 가졌습니다. 그리고 남강자동차를 포함해서 많은 자동차 회사들이 사람들에게 사명을 알리고 차를 팔고 있습니다. 이런 상황에서 자동차 회사 설립에 뛰어들게 되면……."

"늦은 겁니까?"

"완전히는 아니지만 후발 주자는 맞습니다. 때문에 자동차 하면 사람들이 지금의 회사를 기억하고 차를 사려 하기 때문에 그런 인식을 깨기가 쉽지 않을 겁니다. 그래서 제가 어떤 조언을 해드리기가 참으로 조심스럽습니다. 회사를 설립하고 기술 이용료를 과학기술부에 지불할 수 있다면, 배사장에게 필요한 조언은 경영에 관한 것입니다."

"경영……."

"저는 경영인이 아닌 기술자입니다."

"……."

박은성의 이야기를 듣고 해성이 생각에 잠겼다. 입을 다

문 채 곰곰이 생각하면서 자동차 회사를 어떻게 경영할 것인지에 대해서 생각했다. 그리고 답을 찾지 못했다.

그저 최고의 자동차를 만들고 싶다는 꿈만 가졌지, 기존의 자동차 회사들을 어떻게 따라잡을지에 대해 생각한 적이 없었다.

그것을 생각해야 했다. 그리고 해성을 보던 은성이 과거 사람들이 모르는 지식을 떠올렸다. 과거에서는 몰라도 미래에서는 아는 것이 있었다.

'포드모터스와 금성차, 남강차는 비슷한 회사들이야. 그렇다면 절대 똑같은 회사를 차려서는 안 돼.'

은성은 무겁게 입을 열었다.

"제가 말씀드리는 것이 정답은 아닙니다만……."

"……?"

"남들이 가는 길을 따라 걸으면, 뛰지 않는 이상 절대 앞지를 수 없다고 생각합니다. 그렇다면 다른 길을 택해야겠죠. 그것은 더욱 먼 길이 될 수도, 추월할 수 있는 지름길이 될 수도 있습니다. 이에 대해서는 어떻게 생각합니까?"

"도… 동의합니다. 그런데, 그 길이 어떤 것을 의미하는 것인지 모르겠습니다. 그것을 알려주신다면……."

"어떤 차를 만들고 싶습니까?"

"예?"

"그저 포드퍼스트나 천마보다 뛰어난 차를 만들고 싶은 겁니까? 아니면 다른 종류의 차를 만들고 싶습니까? 어떤 차를 만들고 싶은지 알려주실 수 있겠습니까?"

말을 자르면서 묻는 은성의 물음에 해성이 대답했다.
"어릴 때에 말을 타고 달린 적이 있습니다. 빨리 달렸을 때 바람이 스치는 기분은 이루 말할 수 없을 정도로 좋았지요. 그래서 말 타기를 좋아하고, 운전하는 것도 말 타기처럼 달릴 수 있다고 생각합니다. 빨리 달리면서 즐길 수 있는 차를 만들고 싶습니다."
대답을 듣고 은성은 고개를 끄덕였다. 그때 머릿속에서 좋은 생각이 떠올라 은성의 입에 흥미진진한 미소를 배어들게 만들었다.
조언을 해줄 수 있을 것 같았다.
"그 바람대로 만들면 될 것 같습니다."
"예?"
"앞서 말씀드렸던 것처럼 포드모터스와 금성차는 많은 사람들이 탈 수 있는 차를 만드는 회사입니다. 남강 자동차도 마찬가지고요. 다만 포드모터스에서 부유층이나 귀족을 위한 자동차를 개발하려고 하는데, 그런 차와 배사장의 차는 전혀 다른 차입니다. 정말 빨리 달리고, 곡선 도로에서 과격하게 달릴 수 있는 차 일 겁니다. 위험해서 아찔함을 느끼게 되겠죠. 하지만 그 아찔함이 누군가에게는 재미로 느껴지게 될 겁니다. 그 누군가가 대다수일 수도 있습니다."
"……."
"바람을 가르는 야생마 같은 차를 만든다면, 어쩌면 대박을 터트릴 수도 있을 것 같습니다."

조언을 듣고 해성이 환한 표정을 지었다. 자신이 만들고자 하는 자동차를 만들겠다는 목표에 부합해 경영적으로도 어쩌면 성공할 수 있겠다는 생각이 들었다.

은성은 주위를 돌아보고 머리를 긁었다. 그리고 조심히 입을 열어서 해성에게 말했다.

"이건 함부로 알려줄 수 없는 건데… 혹시 종이와 필기구 좀 가져다줄 수 있겠습니까? 가지고 와주시면 그려드릴 것이 있어서……."

부탁을 받고 해성이 신속히 움직였다. 해성은 곧바로 종이와 펜을 가지고 와서 은성에게 넘겼다.

은성이 펜을 들고 종이에 그림을 그렸다.

"포드퍼스트나 천마가 이런 형태일 겁니다. 그리고 배사장이 차를 만든다면 이런 모양이 되어야 합니다."

"차가 길군요."

"맞습니다. 그리고 낮습니다. 이런 형태가 되어야 바람을 잘 가를 수 있고, 무게 중심이 낮아서 급격하게 조향장치를 틀어도 균형을 잃지 않습니다. 바퀴를 지지하는 완충 장치는 단단하게 설정해서 차체가 휘청거리지 않게 해야 됩니다. 그리고 엔진과 변속기를 앞바퀴 축보다 조금 안쪽으로 당기십시오. 그러면 앞쪽에 쏠려 있는 무게가 중앙으로 당겨집니다. 어떻게 하면 차가 도로에 붙어 있고, 탑승자가 좌석에 붙어 있을지를 고민하기 바랍니다. 그러면 허리와 어깨를 잡아주는 형태로 좌석을 제작해야 될 겁니다. 마지막으로 차 후미에 날개를 달아서 차를 따라 흐르는 공기가 와류를 일으키지 않도록 만들어야 합니다. 이런 형태를 중심으로 차를 개발하시기를 바랍니다. 엔진 기술은 과학기술부에 기술료를 내고 습득한 뒤 연구개발하시면 될 것 같습니다."

차를 그린 종이를 주면서 말했다. 종이를 받은 해성은 여태 생각해본 적 없었던 차의 형태를 보고 감탄했다. 그리고 은성은 다시 생각에 잠겼다.

'잠깐. 이럴 바에는 상표도 줘서 차를 잘 팔 수 있게끔 해주는 것도 괜찮잖아? 어차피 불법도 아닌데.'

생각을 끝내고 은성은 다시 입을 열었다.

"사명은 혹시 정했습니까?"

"아직입니다."

"아니지. 사명이 아니라 회사를 상징하는 문양을 정했는지 물어보는 겁니다. 사람들이 잘 알 수 있도록 말입니다."

은성의 물음에 해성이 대답했다.

"정하지 않았습니다. 그런데 그런 것도 필요합니까?"

"필요하죠. 글을 보면 온갖 것으로 상상할 수 있습니다. 그림을 보면 그림이 정의하는 것은 오직 하나입니다. 사명을 그림으로 대신할 수도 있습니다. 그래서 생각난 게 있습니다. 다시 종이를 주시겠습니까?"

"예……."

다시 종이를 받아 뒷면을 펼쳤다. 종이 뒷면에 다시 그림을 그리기 시작했고, 은성은 생각보다 그림을 잘 그렸다. 그리고 기억력도 좋았다.

"이 그림으로 문양을 써보십시오. 말을 타고 달리는 기분이 좋았다 말씀하셨기에 말 그림으로 그렸습니다. 만약 차에 이 그림의 상표가 붙어 있으면 사람들은 그 차를 보고 배사장의 회사를 떠올릴 겁니다."

예상 밖의 도움에 해성이 환하게 웃었다. 그림을 보면서 몇 번이나 미소 지었다. 그리고 은성에게 번 더 부탁했다.

"송구하고 염치없습니다만… 한번 더 간청해도 되겠습니까?"

"하십시오."

"혹시 사명도 정해주실 수 있겠습니까? 정해주신다면 저와 회사의 영광으로 생각하겠습니다."

그 말을 듣고 은성이 잠시 생각했다가 다시 입을 열었다.

"배라리로 합시다."

"배라리요?"

"라리에 사는 배씨니까 배라리입니다. 만약 외국에 수출하게 되면 차의 본산지인 유럽에서 이름이 잘 먹힐 겁니다."

해성이 하사받은 사명을 되뇌였다.

"배라리… 감사합니다! 대감! 최선을 다해서 유명하게 만들겠습니다! 감사합니다!"

해성이 은성에게 허리를 굽히며 감사의 뜻을 밝혔고, 종이를 애지중지하면서 품에 넣고 병원 건물로 향했다. 아무래도 그가 아는 사람이 병원에 입원한 듯했다. 그리고 그와 이야기를 하면서 시간을 보낸 박은성은 다시 침상에 누워서 동현이 오기를 기다렸다. 천장을 보면서 스스로에 대한 감탄이 일어났다.

'천잰데?! 배라리?! 캬아. 이걸 왜 생각 못했을까? 이참에 조선 회사들에게 상표를 그려주고 이름도 지어줘야겠어!'

머릿속에 떠오르는 무수한 회사들이 있었다. 그 회사들은 세계 굴지의 회사로 막대한 부를 끌어들이는 회사들이었다. 그런 회사를 '배라리'처럼 만들면 되겠다 싶었다.

입가에 피어난 미소가 쉽게 지워지지 않았다. 병실의 문이 열리면서 간호사가 들어왔고 은성을 보면서 물었다.

"혹, 기분 좋은 일이라도 있었는지요?"

동현이 아닌 여자 간호사였다. 그녀는 수민이었고 아무래도 간호과장인 동현 대신 들어온 듯했다.

은성이 계속 웃으면서 수민에게 대답했다.

"재밌는 일이 생각나서요. 그리고 조선에 좋은 일일 겁니다."

주사를 뺄 준비를 하는 수민의 약지에 반지가 보였다.

"혼례를 치릅니까?"

"예. 대감."

"언제입니까?"

"한달 뒤에 치릅니다."

"얼마 안 남았군요. 어휴. 축하드립니다."

"감사합니다. 대감."

결혼을 앞두고 있는 수민을 축하했다. 그리고 수액과 해

열제를 모두 맞고 안정을 취하면서 휴식했다. 빨리 몸이 낫기를 기대했다.

은성은 과학기술부에 복귀하자마자 병원에서 떠올렸던 생각을 실천에 옮기기 시작했다. 과거로 함께 온 연구원 중에 은성을 돕는 연구원이 있었다. 그에게 말도에 다녀와달라고 말했다. 그리고 부탁한 자료를 받았다.

"이걸 어디에다 쓰시려는 겁니까?"

"쓸 데가 있어."

"어디에 말입니까?"

"어허. 묻지마. 비밀이니까. 지나보면 알게 될거야."

음흉한 미소를 지으면서 연구원에게 비밀이라고 말했다. 그리고 받은 자료들을 토대로 계획했던 일을 벌이기 시작했다.

선진과학기술 연구소에 기술 이용료를 지불하고 창업되는 다른 회사가 있었다. 박은성이 회사의 사장을 만났고, 사장의 이름은 '나인기'였다. 그는 어린 생도들을 위한 용품을 만들고 싶어 했다.

그런 나인기에게 은성이 제안을 하나 했다.

"학용품 말고 옷 장사를 해보는 게 어떻습니까?"

"옷 장사를 말입니까?"

"그렇습니다. 평범한 옷이 아닌 특별한 옷을 말입니다. 뜀뛰기를 할 때 흘리는 땀을 잘 말리고 움직이기 편한 운동복을 만드십시오. 그러면 분명히 큰 성공을 이룰 겁니다. 운동화 제작도 생각해보십시오."

은성의 제안에 나인기는 어리둥절했다. 은성은 서양 사람들이 축구와 야구 같은 운동을 좋아하고 그것을 일상에서 즐기고 있음을 알려줬다. 그 말을 듣고 나서야 나인기가 은성의 뜻을 이해했다. 그리고 은성은 그에게도 그림을 그려줬다. 비스듬한 형태의 활대를 그려주면서 그것이 회사를 상징하는 상표임을 알려줬다.

"활은 우리의 전통 무기이지만 활쏘기는 심신 수양을 위한 운동 도구이기도 합니다. 때문에 이것은 우리 민족을 상징합니다. 이 문양을 보고 나사장의 운동복과 운동화를 기억할 겁니다."

사명은 나인기의 이름 그대로로 정했다.

상표를 받고 나인기가 크게 기뻐했다.

"정말 감사합니다! 이 은혜를 어찌 갚아야 할지 모르겠습니다!"

"성공해서 세금으로 갚으세요."

"예! 대감!"

예상하지 못한 선물이었다.

'그냥 하라'라는 문구가 더해지면서 나인기의 이름으로 운동복 회사가 설립되고 운동을 위한 신발이 제작되기 시작했다. 그리고 활 상표가 사람의 눈에 익기 시작했다. 이후 다시 회사를 차리고자 하는 사람이 박은성을 만났다.

이번에는 4명의 형제였다. 그들은 자동차 회사를 차리길 원했다. 사형제에게 은성이 원 4개를 그려줬다.

"뭐… 뭡니까? 이건?"

“상표입니다.”

“상표요?”

“네사람이 자동차 회사를 설립했으니 동그라미 4개를 조금씩 겹쳐서 하나로 묶었습니다. 이 상표를 자동차 앞뒤 중앙에다가 새겨넣으십시오. 그러면 그 차를 보고 네분의 회사를 기억할 겁니다. 사명은 아우들이라고 하면 좋을 것 같습니다.”

네명의 형제가 기뻐하며 상표를 받고 사명을 ‘아우들’이라고 정할 것이라고 말했다. 그리고 회사를 차리고 동그라미 4개를 붙인 상표를 걸었다.

이후로 은성의 조언을 받은 회사들이 계속 설립됐다. 활 상표를 단 운동복이 종로에서 팔리기 시작했고, 앞발을 든 말 상표의 차와 원 네개가 합쳐진 상표가 새겨진 차가 개발됐다.

납작한 차체를 가진 차가 시험주행장을 달렸다. 기상하는 말 상표를 신문기자들이 사진기로 찍었고, 이어 4명의 형제가 만든 차가 달리는 모습도 찍었다.

창업이 조선에서 유행처럼 번지고 있었다. 그때에 일본에서 총독을 보좌하는 특무대신이 잠시 귀국해 이희를 만났다. 장성호를 만난 이희가 환하게 웃었다.

“참으로 오랜만이군.”

“예. 폐하.”

“그동안 별고 없었는가?”

“보시는 대로 건강하게, 아무 탈 없이 지냈습니다. 폐하의 선정이 일본에까지 전해져서 일본 백성들을 통치하는 데에 있어서도 크게 피로를 느끼지 못했습니다. 모든 것이 폐하의 하해와 같은 은혜입니다."

"짐이 한 일이 무엇이 있나. 오직 경과 대신들의 충언을 따랐을 뿐이다. 휴식하기 위해 조선에 왔는데 먼저 짐에게 알현을 청해줘서 고맙다. 가서 편히 쉬도록 하라. 일본으로 가기 전에만 짐을 만나달라."

"황은이 망극하옵니다. 폐하."

장성호는 휴식을 위해 한양으로 돌아왔다. 그리고 이희는 짧게 인사를 받고 장성호의 휴식을 배려했다.

장성호가 나간 뒤, 이희가 신문을 받았다. 장성호도 집에 가기 전에 총리부를 들려서 신문을 읽었다.

김인석을 만나기 전까지 시간을 보낼 때였다. 신문에 실린 기사에 장성호의 시선이 고정됐다. 그때 김인석이 자신의 집무실로 들어왔다.

"오랜만이군."

"총리대신."

"신수가 좋군. 일본에서 몸보신 음식들을 많이 먹었나보군?"

"먹기는 잘 먹었습니다. 음식 장인들이 많아서 말입니다. 스시나 장어덮밥은 일본에서 먹는게 제 맛입니다."

"부럽군. 폐하께도 소개시켜드리게. 나도 좀 먹어보게 말이야. 아니면 나와 교대를 하세. 하하하."

오랜만에 만난 장성호의 어깨를 김인석이 두드렸다. 그

리고 그가 읽고 있던 신문으로 시선을 옮겼다.
"오늘 신문이로군. 나중에 읽어보려고 했는데."
"재미난 기사가 있습니다."
"어떤 기사를 말인가?"
"읽어보십시오. 이 기사입니다."
신문을 김인석에게 넘겨주고 장성호가 기사를 짚었다. 기사를 읽던 김인석이 똑같은 반응을 보이면서 눈동자를 기사로 고정했다. 김인석은 기사에 쓰인 창업되는 회사의 사명을 보고 기막혀했다.
"배라리?"
"아우들도 있습니다. 나인기에 심지어 빠르쇠도 있습니다."
"이름에 포자가 들어간다고 포터르기니라니… 무얼실을라고는 또 뭔가? 슈퍼카 제작 회사로 이런 식으로 장난치다니… 어떻게 화물차 회사로……."
"본래 트랙터 회사에서 출발했으니 적절하다면 적절합니다."
"그 회사와 이 회사가 아예 다른데 적절하다 할 수 있는가? 대체 범인이 누구인가? 분명 우리 중에 범인이 있을 것이네."
"……."
"누가 대체 이런 짓을……."
순간 한사람이 머릿속에 떠올랐다. 두사람이 동시에 그 이름을 말했다.

"박은성."

장성호가 김인석에게 말했다.

"제가 만나보겠습니다."

그리고 장성호는 곧바로 박은성을 만났다. 성한이 미국에 가 있는 상황에서 기술로 조선의 회사를 직접적으로 도울 수 있는 사람은 그가 유일했다.

성호가 과학기술부로 가서 박은성을 만났다. 그는 신문을 보여주면서 은성에게 물었다.

"이거, 과학기술부 대신의 작품입니까?"

"예. 그런데, 정말 오랜만입니다. 부장님."

"오… 오랜만이기는 합니다. 그런데 무슨 생각으로 이런 식으로 상표와 사명을……."

"어차피 선수 치는 것이 임자인데 문제될 게 있습니까?"

"문제는 없지만 그래도……."

"제가 기술자이긴 하지만 그래도 브랜드라는 것을 압니다. 빨리 사람들에게 인지도를 심어주고 단골 고객을 만들고 선망의 대상으로 만들면 회사 입장에서 부르는 게 값이 될 수도 있습니다. 특히 세계를 상대로 물건을 판다면 말입니다. 안 그렇습니까?"

"그렇습니다만… 그래도 배라리는……."

"세계적인 스포츠카가 국산차가 되는 것을 상상해보십시오. 캬아. 멋지지 않습니까? 제가 생각한 조선은 그런 조선입니다."

"……."

"부가 티 나는 회사도 생각 중입니다."
"……."
자신이 한 행동에 대해서 오히려 자찬하는 박은성을 보며 장성호가 할 말을 잃었다. 그리고 신문에 실린 새로 창업된 회사의 사명을 다시 살폈다.
'사네루, 브라다, 구씨, 돌쇠네 가봤나…….'
사네루는 사달라는 뜻을 지닌 사명이었다. 그리고 영어로 형제를 뜻하는 사명도 있었으며, 사장의 성이 구씨였기에 사명 또한 구씨인 것도 있었다.
실업가가 된 종 출신의 옷장수가 자신의 옛 이름을 추억삼아서 만들어진 사명도 있었다. 하나같이 최고의 명품을 만들겠다는 의지가 기사에서 드러났다.
돌쇠라는 이름에 장성호가 고개를 절레절레 흔들었다. 그때 박은성의 비서가 와서 보고를 전했다. 보고를 받고 은성이 고개를 끄덕였다.
"알겠네."
장성호가 물었다.
"무슨 일입니까?"
대답을 들었다.
"포드모터스에서 임원들이 도착했다 합니다. 공장을 시찰하러 온답니다."
한달이 지나서였다. 조선에 세워진 포드모터스 공장을 살피기 위해 회사의 임원들이 부산에 도착했다.
처음으로 조선에 온 임원들은 조선의 풍경을 살피고 신기하게 여겼다. 예전에 포드를 따라 조선에 왔던 임원들은 더욱 발전한 조선을 보면서 감탄했다.

부산에는 간척 공사가 진행 중이었다. 부산항 주위에 흙이 부어지면서 건물을 올릴 수 있는 땅이 만들어지고 있었다. 그리고 부산에 10층 높이의 건물이 세워졌다.

"번화하는군."

임원들은 부산역 맞은편 건물을 보면서 감탄했다. 기차를 타고 한양에 이르자 15층이 넘는 다수의 빌딩이 건설되고 있는 모습을 확인할 수 있었다. 그들은 탄성을 터트리면서 조선을 동양의 보석이라고 생각했다.

포드퍼스트를 타고 서울역에서 육조거리로 향할 때였다. 남대문 근처에서 특이하게 생긴 차를 발견했다. 그 차는 굉음을 내면서 포드퍼스트의 반대 방향으로 달렸다가 머리를 돌려서 포드퍼스트를 추월해 사람이 모여 있는 곳으로 향했다.

세워진 차 주위로 사람들이 모여 환호했다.

"빠르다!"

"역시 배라리야!"

"기상하는 말 상표 좀 봐! 멋있어!"

"우리는 언제 이런 차를 몰아보지?"

"우와~!"

명마가 따로 없었다. 차에서 내린 차주가 으쓱하면서 자신의 차에 손을 짚었다. 사람들이 주위에서 웅성거리며 그 모습을 구경했고, 포드퍼스트에 타고 있던 임원들도 놀라

면서 그를 신기하게 여겼다. 통역원을 통해 함께 타고 있던 조선인 사장에게 물었다.

"방금, 뭐였소? 우리 회사 차는 아닌 것 같은데?"

"배라리입니다."

"배라리?"

"배해성이라는 조선 사람이 차린 자동차 회사의 사명입니다. 포드퍼스트나 애리조나처럼 저 차도 차명이 있지만 사람들은 차 이름보다 회사의 이름을 먼저 생각합니다."

"어째서?"

"그야……."

부사장이 끼어들면서 말했다.

"기상하는 말입니다."

"기상하는 말?"

"배라리에서 만드는 차는 전부 앞발을 높이든 말 문양을 차머리와 뒤에 새겨 넣습니다. 때문에 사람들은 말 문양부터 기억하고 곧바로 배라리를 떠올립니다. 그리고 빠른 차라는 것을 알고 있습니다."

조선인 임원이 하는 말을 본사 임원들이 귀담아들었다. 그때 옆으로 또 한대의 차가 지나갔다. 포드퍼스트와 비슷한 형태를 가졌지만 곡선이 훨씬 많이 들어가고 겉에 광택까지 된 차를 보면서 눈을 크게 키웠다.

차머리에 4개의 원이 일렬로 늘어서 있는 것을 임원들은 얼핏 보았다. 그리고 조선인 사장이 말했다.

"아우들입니다. 부호를 위한 고급차를 만드는 회사입니

다. 사형제를 상징하는 네개의 원으로 사람들이 기억하고 있습니다."

그 차도 사람들이 선망하는 차였다. 특히 아우들을 소유하는 것은 성공한 사람이 더욱 큰 성공을 이루었음을 과시하는 거였다. 그에 대한 설명을 추가로 듣고 깨달음을 얻었다.

'회사가 어떻게 인식되는지가 중요하구나!'

'이름값을 만들어야 해! 차 이름보다 회사의 이름으로 말이야!'

'사람들이 포드모터스를 들으면 떠올릴 수 있는 것이 있어야 해!'

조선의 공장을 살피려다가 새로운 것을 배웠다. 그리고 미국으로 돌아가서 조선에 일어나고 있는 일을 알려야 한다는 생각을 했다. 임원들이 미국으로 돌아가기 전에 장성호가 통신기를 통해서 성한과 연락을 취했다.

성호는 박은성이 벌인 일을 성한에게 알려줬다.

* * *

"돌쇠네 가봤나라고요?"

—예.

"푸핫! 작명 한번 대박이네요. 전혀 생각도 못했습니다. 배라리는 또 뭡니까? 설마 제가 생각하는 그 회사입니까?"

—그 회사 맞습니다.

"용케 그렇게 맞아떨어지는 사람이 있었네요."

—그게 시작이었습니다. 그래서 이미 일은 벌어졌고, 어떻게 해야 될지 고민 중입니다. 죄다 조선 회사로 새로 세워지게 될 판입니다.

장성호의 이야기를 듣고 성한이 피식하면서 말했다.

"상관없지 않나요? 어차피 세계 최초일 텐데."

—그렇긴 하지만…….

"선수 치는 것이 임자라고 했나요? 저는 기술부장의 의견에 동의합니다. 우리가 이곳에 왔을 때의 목표가 생존인데, 살아남기 위해서 무슨 짓인들 못 지르겠습니까? 도의적이지 않고 불법적인 일만 빼고 말입니다. 조선의 국익이 우리의 이익이라면 마땅히 챙겨야 합니다. 덕분에 저도 생각이 났습니다."

—과기부대신처럼 하실 겁니까?

"이익을 준다면 말이죠. 심사숙고해서 결정하겠습니다. 조선과 미국에서 함께 힘써봅시다."

—예. 과장님.

교신을 끊고 장성호가 전한 이야기를 기억하면서 성한이 피식피식 웃었다. 통신기를 끄자마자 다급한 목소리가 곁에서 들려왔다.

"정호야!"

"아우~"

"……?!"

지연의 외침에 성한이 식탁을 향해서 몸을 날렸다. 식탁 중앙에 있는 초콜릿을 먹기 위해 2살 아기가 팔을 뻗었다가 균형을 잃고 떨어졌고, 성한이 떨어지는 아기를 몸으로 받아냈다. 그리고 성한에게 안긴 아기가 울음을 터트렸다.

"우으… 으아아앙~!"

"후우… 세이프……."

아기를 구한 성한이 이마를 쓸었다. 아기와 성한을 향해 크게 소리쳤던 지연은 문이 열려 있는 문 너머 방안에서 다른 아기를 재우고 있었다. 그리고 고함에 깬 갓난아기가 울음을 터트렸다.

1년 차이로 태어난 오빠와 동생이었다. 이름은 정호와 혜민이었고, 가정을 이룬 두사람의 결실이었다. 고함 소리에 놀란 석천이 성한의 문을 부수고 들어왔다.

쾅!

"……?!"

"무슨 일입니까?! 과장님?!"

문을 부수고 들어온 석천을 보면서 성한은 이마를 짚었고 지연은 한숨을 쉬었다. 유정이 따라 들어와서 권총으로 이곳저곳을 뒤졌다. 지연이 유정의 행동을 말렸다.

"그만해. 별문제 없어."

"무슨 일이에요, 언니?"

"뭐긴. 애가 탁자 위에서 떨어지는 바람에 소리친 거지. 저길 봐."

"……."

"성한이가 정호를 안고 있잖아. 별일 아니야."

누운 채로 아기를 안고 있는 성한을 보면서 석천과 유정이 안도의 한숨을 쉬었다. 그리고 따라 들어오는 대원들을 향해 아무런 이상도 없다고 말했다.

석천을 노려보면서 지연이 말했다.

"물어주셔야 해요. 문 말이에요."

"예… 선생님."

"뭐, 정호 아빠가 알아서 하겠지만."

"……."

석천에게 돈을 주는 사람은 성한이었다. 결국 성한이 돈을 써야 하는 것이다. 하지만 문은 몇 번이나 부서져도 상관없었고 아이만 무사하면 그만이었다. 성한이 일어나면서 석천의 어깨를 두드렸다.

"신경 쓰지 마세요."

"예……."

성한은 웃으면서 부서진 문을 쳐다봤다. 그리고 당분간 문 없이 지내야 하겠다고 생각했다. 어차피 빌딩 아래에서부터 막혀 있기에 도둑이 들기란 그리 쉽지 않은 집이었다.

성한의 집에서 석천과 대원들이 나갔다. 아래층들이 대원들의 집이었고, 돌아가면서 불침번을 서며 빌딩을 경계했다. 밤잠에 들었을 때 혜민의 울음소리가 들려왔다.

"으아앙~"

"아……."

잠을 자던 성한이 일어나서 눈을 비비며 혜민을 안았고

등을 두들기면서 다시 재우기 시작했다. 지연은 다른 방에서 정호와 함께 잠을 자고 있었다.

혜민을 재우고 성한도 다시 잠들었다. 늦은 아침에 눈을 뜨자 지연이 혜민을 보고 있었다. 아이를 보는 동안 잠시 일을 쉬고 있었다. 지연을 보면서 그녀를 위한 방법을 성한이 떠올렸다. 그리고 지연에게 묻고 대답을 들었다. 보모를 쓰자는 말에 지연이 단호하게 말했다.

"아이는 내게 짐이 아니야. 너와 사랑하면서 태어난 아이들이야. 정호와 혜민이에겐 엄마인 내가 필요하고, 너는 너대로 해야 할 일이 있어. 밤에 함께 아기를 봐주는 것만으로도 고마워. 낮에는 내가 애들을 봐도 되니까 보모는 필요하지 않아. 그러니까 걱정하지 말고 네 할 일을 하러 가. 힘들면 유정이에게 말할게."

"알았어."

가족을 위해서 함께 강해졌다. 지연의 말에 성한은 용기를 얻고 당당하게 집에서 나왔다. 성한은 포드퍼스트에 몸을 싣고 일터로 향했다.

"갑시다."

"예. 과장님."

두달이 지나서였다. 조선으로 향했던 임원들이 다시 돌아왔고, 그들이 보고 경험했던 것들이 모두 포드에게 전해졌다. 포드가 성한에게 조선에 대해서 이야기했다. 그러면서 고민을 토로했다. 그가 예상한 미래가 있었다. 포드모터스에게 있어서 최대 적수는 어쩌면 조선의 자동차 회사

일 수도 있었다.

“금성차에 남강차, 배라리, 빠르쇠, 아우들, 포터르기니까지. 조선에 설립된 자동차 회사들이 무섭게 치고 오르고 있습니다. 어쩌면 우리에게 가장 위협적인 회사일 수도 있을 것 같습니다.”

“그렇군요.”

“존스씨에게는 제 말이 심각하게 여겨지는지 잘 모르겠습니다. 물론 미국인이지만 조선에서 오신 만큼 그들 회사에 대한 애착도 있을 수 있다고 여겨집니다. 하지만 불만을 갖진 않겠습니다. 저와 포드모터스를 많이 도와주셨으니 말입니다. 한번 알아서 해보겠습니다.”

성한의 출신을 알기에 그 회사들에 대한 기대를 가지고 있을 거라 생각했다. 그런 포드의 말을 듣고 성한이 피식 웃었다. 그리고 고개를 가로저었다.

“제가 그 회사들의 투자자라면 모르겠습니다만 아니기에 특별한 기대감 같은 것은 없습니다. 오직, 포드모터스만이 제게 특별합니다. 제가 대주주인 만큼 포드모터스가 잘되어야 이익을 거둘 수 있습니다. 임원들이 조선에서 배운 것이 많다고 들었습니다.”

“예. 존스씨.”

“상표를 만들고 차 이름보다 회사 이름으로 불리게 해서 사람들의 머릿속에 각인시키는 것은 정말 포드모터스도 배워야 할 점입니다. 다만 포드모터스는 미국을 대표하는 대중차 회사로 남아 있어도 충분합니다. 대중차는 말 그대로 실용적이어야 하고, 싸야 하고, 적당한 주행성과 성능, 안전만 잘 갖춰져 있으면 되니 말입니다. 다만 공기 저항을 조금이라도 줄여보도록 하고, 동시에 차내의 공간을 넉넉하게 확보해서 차를 사는 사람들의 불편함이 없도록 해야 할 겁니다. 그리고 들은 김에 생각을 했는데……."

"말씀하십시오."

"포드모터스도 고급 브랜드를 갖춰야 하지 않을까 합니다. 전부터 계획했던 고급차를 고급 브랜드로 편제하여 사람들에게 파는 겁니다."

의견을 듣고 포드가 물었다.

"고급 브랜드를 말입니까?"

"그렇습니다."

"배라리나 아우들처럼 말이죠?"

"예. 최고의 기술은 물론이거니와 최고급 가죽을 쓰고 원목에 사치의 끝을 보여주는 겁니다. 그리고 차의 쓰임새와 모양과 크기로 세분화시키는 겁니다. 포드모터스에서도 준비 중인 낮은 차체의 세단을 고급화시키고 그것을 소, 중, 대로 나눕시다. 포드퍼스트와 같이 전고가 높은 차도 소, 중, 대로 나눠서 고급브랜드 안에 속하게 하는 겁니다. 그리고 배라리 같은 차도 그 안에서 생산하는 겁니다. 그러면, 고급과 고성능을 함께 지닌 최고의 자동차 브랜드를 만들 수 있습니다. 그것으로 상류층의 마음을 훔칠 수 있을 겁니다."

대답과 설명을 듣고 다시 포드가 고개를 끄덕였다. 그리고 성한에게 물었다.

"그러면 브랜드 명을 어떻게 해야 되겠습니까? 상류층의 마음을 사로잡을 브랜드가 되어야 할 것 같습니다."

고민하다가 성한이 대답했다.

"워싱턴으로 합시다."

"워싱턴요?"

"미국의 초대 대통령의 성입니다. 워싱턴이라면 그 이름에 걸맞은 무게와 위엄이 있을 겁니다. 정치가나 부호들도 좋아할 거고 말입니다. 더 좋은 이름이 있다면 말씀하십시오."

"없습니다."

"그러면 워싱턴으로 고급차들을 개발하고 생산해봅시다. 추가로 상표는 건국 초기의 성조기가 좋을 것 같습니다. 그것으로 유럽 사람들의 마음을 사로잡을 겁니다. 미국 자동차의 위대함을 보여줍시다. 우리는 세계를 먹어치울 겁니다."

"예! 존스씨!"

천민의 자동차라 손가락질을 하는 유럽 귀족들이 있었다. 그들의 자존심을 꺾어버리고 싶었다. '워싱턴'이라는 브랜드를 통해 유럽 정벌을 이루고자 했다.

1910년 브뤼셀 박람회를 목표로 삼았다. 그리고 그때를 노리며 전력을 다하고 시대를 앞서는 문물을 만들었다. 사람들의 시선과 마음을 단번에 끌고자 했다.

몇 년이라는 시간은 가족을 위해 분투하다 보면 금세 지나가는 시간이었다.

5년이 지나 1910년이었다.

브뤼셀에서 세계박람회가 열렸다. 그곳에서 조선과 미국이 존재감을 드러냈다.

벤츠의 꿈이 사라지다

줄에 걸린 만국기가 바람에 흔들렸다.

만국기를 향해 검지를 든 서양인이 친구에게 물었다.

“저 국기가 미국 국기지?”

두사람은 벨기에 브뤼셀에서 열린 축제를 구경하고 있었다.

“그래.”

“전에 비해 별이 많이 늘었군. 그럼 저 국기는 어느 나라 국기지? 빨강과 파랑이 섞여 있는 게…….”

“태극기. 동방의 고려라 불리는 나라의 국기야. 이번 박람회에 고려가 참여했어.”

각 나라의 기술과 국력을 과시하는 축제였다.

그리고 많은 사람들이 가속해가는 내일을 기대하며 수많은 이익을 창출하는 축제였다.

1910년 4월.

벨기에 브뤼셀에서 세계박람회가 열렸다.

만국기에 태극기가 걸리며 동방의 나라가 박람회에 참여했다는 사실을 사람들에게 알렸다.

하지만 사람들은 수년 전 제국을 선포했던 동방의 나라에 대해 큰 관심을 보이지 않았다.

오직 자신들과 비슷한 백인 주류 사회에, 기술을 앞세워 참여를 선언했던 미국의 전시장에 관심을 보였다.

거기에 사람들의 시선을 끄는 기물이 있었다.

바로 자동차였다. 이것은 100년 전부터 사람들의 기대를 안는 기물이었다. 포드모터스가 있었고 그 옆에는 사람들에게 알려지지 않은 새 브랜드가 있었다.

영문으로 '포드모터스'라는 이름이 상표로 쓰인 것과 다르게, 새로운 브랜드는 미국 성조기를 상표로 달고 있었다. 방패 아래로 적색과 백색의 줄이 번갈아 그어져 있었고 그 위로 원형의 별들이 새겨졌다.

미국 건국 초기의 성조기와 같은 상표였다.

또한 사람들이 알아볼 수 있도록 '워싱턴(Washington)'이라는 단어가 크게 쓰여 있었다.

그것이 새로운 브랜드의 이름인 듯했다. 자동차가 하얀 천에 싸여 미국 전시장 단상 위에 서 있었다.

영국과 프랑스, 독일, 네덜란드에서 온 사람들이 그곳에 모여서 웅성거렸다. 그때 양장을 잘 차려 입은 백인이 사람들을 상대로 천에 싸인 차를 설명했다.

곧 공개될 신차는 새로운 기술이 접목되어 있었다.

"엔진에 과급기가 탑재되어, 출력이 상당히 높아졌습니다! 또한 V형 엔진이 탑재되어서 엔진 크기가 작아졌고 높이 또한 낮아져서 차의 무게 중심이 낮아졌습니다! 이는 경주를 벌일 때 큰 이점입니다! 또한 새로운 완충장치로 바퀴를 지지하고 있으니, 이번에 선보이는 신차야 말로 세계에서 제일 빠른 차! 조향성이 가장 뛰어난 차입니다! 그런 차를 일상에서 즐길 수 있습니다! 또한 귀족의 기품을 드러낼 수 있습니다! 신사숙녀 여러분께 워싱턴의 레이스를 소개합니다!"

"오오!"

천이 벗겨지자 사람들이 탄성을 터트렸다.

여태껏 보던 자동차의 형태와 너무 달랐다.

엔진이 실려 있는 보닛은 길었고 포드퍼스트와 달리 높이가 상당히 낮았다.

마치 세련된 배우 같은 느낌이었다.

"잘 생겼어. 아니, 예쁘다고 해야 되나?"

"미끈한 게 앞으로 잘 달려나갈 것 같아."

"살면서 이렇게 멋진 차는 처음이야!"

"어떻게 이런 차를 만들 수 있지?"

모인 사람들이 레이스의 이곳저곳을 살폈다.

최고급 가죽과 캐시미어를 아낌없이 쓴 것을 보고 그 차가 최고의 차라는 것을 알았다.
레이스뿐만 아니라 다른 자동차도 있었다.
"워싱턴? 애담스? 제퍼슨?"
"미국 대통령들의 이름이잖아. 이 고급스러움 좀 봐. 엄청나게 무게감이 있어. 거기에 차체에 광까지 나네."
"미국의 워싱턴을 기억해야겠어."
레이스와 비슷한 형태지만, 전고가 조금 높고 묵직한 느낌을 가진 승용차가 있었다. 소형, 중형 그리고 대형으로 '제퍼슨', '애담스', '워싱턴'이라는 이름을 가지고 있었다. 그리고 포드퍼스트와 비슷한 형태로 중형과 대형인 '엔터프라이즈', '제네럴'이 있었다.
차 보닛 앞 위쪽에는 워싱턴을 상징하는 상표가 붙어 있었다. 사람들은 상표를 보며 새로운 자동차 브랜드를 인식했다.
"이 차들, 유럽에 오는 건가?"
"빨리 와서 팔아줬으면 좋겠어."
"얼마인지 모르겠지만 꼭 살 거야."
귀족과 부호가 워싱턴의 차를 기대했다.
그리고 보통의 일반인들은 포드모터스에 몰려서 소문의 미국차를 보고자 했다.
포드는 관람객들의 반응을 보고 매우 만족했다.
그러다가 기다리는 사람이 왔는지 살피기 위해 이리저리 고개를 돌렸고 그 사람을 만나게 됐다.
그는 조선인이었다.

성한이 포드를 만나 손을 내밀었다.

"사람들의 반응이 궁금했는데, 대성공인 것 같군요."

"그런 것 같습니다. 모든 게 존스씨 덕분입니다."

"제가 한 게 얼마나 된다고요. 이렇게 건강하게 브뤼셀에서 보게 되어서 기쁩니다."

"예. 존스씨."

동양인과 악수하는 포드를 보면서 사람들은 그 동양인의 정체를 궁금해했다. 그러나 그가 포드모터스의 대주주일 거라고는 생각하지 않았다. 그저 그들이 악수하는 모습이 '양장을 입은 동양인'이라는 주제로 신문에 실리게 됐다. 석천이 성한을 경호하고 있었다.

레이스를 보면서 성한과 포드가 이야기를 나눴다.

그 차의 성능으로 세계를 깜짝 놀라게 만들자고 했다.

"조만간 벌어지는 경주에서 성능을 증명하겠군요."

"예. 고려에서 어떤 차가 나올지 모르겠지만 우리가 반드시 이길 겁니다."

"워싱턴의 경영자를 새로 뽑았다고 들었는데……."

"전에 존스씨께서 말씀하셨던 사람을 뽑았습니다. 마침 저기에 있군요."

포드가 가리킨 방향으로 성한의 눈동자가 움직였다.

워싱턴의 사명이자 차명이기도 한 대형 세단인 워싱턴 앞에서 한사람이 사람들에게 열띤 설명을 하고 있었다.

그리고 통역이 이뤄지고 있었다.

그를 보며 성한이 피식하면서 웃었다.

'월터 크라이슬러가 포드와 함께 일하게 될 줄이야.'

미국 자동차 회사의 'BIG 3'를 형성하는 회사의 설립자가 워싱턴의 경영인이었다.

그로써 미국의 자동차 산업의 미래가 바뀌었고 포드는 호랑이 등에 날개를 달게 되었다고 생각했다.

잠시 후, 멀리 보이던 크라이슬러가 직원으로부터 뭔가를 듣고 포드에게 왔다. 그리고 때가 되었음을 알렸다.

"경주가 시작될 거라고 합니다."

성한에게 포드가 말했다.

"결전의 시간인 것 같습니다. 갑시다. 존스씨."

"예."

박람회장에 자동차 경주장이 마련되어 있었다.

그들은 발걸음을 옮겼다.

수많은 자동차들과의 경주에서 레이스가 이기는 것을 보고 싶었다. 계단 형태로 이뤄진 좌석과 발판대 위에 사람들이 있었다. 그들은 새 시대를 선도하는 과학과 기술의 진면목을 눈으로 확인하려고 했다.

그리고 자기나라의 자부심이 드높아지기를 원했다.

출발선에 자동차들이 섰다. 자동차마다 국기를 달아 어느 나라에서 제작됐는지 알려주었다.

성조기 상표를 단 워싱턴 레이스가 있었고 황금빛으로 도색된 포드퍼스트와 같은 유럽의 자동차도 있었다.

그리고 한 자동차를 보면서 사람들이 웅성거렸다.

"저 차 뭐야?"

"워싱턴 레이스처럼 생겼는데?"
"대체 어느 나라 차야?"
몇몇 사람들이 차의 국적을 알아봤다.
그리고 상표를 알아봤다. 나라마다 전시장이 있었고 그 때 본 상표의 문양을 기억하고 있던 것이다.
"말이야! 말!"
"배라리야! 배라리가 자동차 경주에 출전했어!"
"빠르쇠도 있어!"
"고려차가 다른 자동차 회사와 경주를 벌이려고 해!"
엄연히 차 이름이 있었다. 그러나 사람들은 차 이름보다 배라리와 빠르쇠의 상표로 고려의 자동차라는 것을 먼저 인식했다. 그리고 기이하게 생각했다.
"미개한 동양 나라가 어떻게 자동차를……?"
자동차는 유럽과 미국의 선진 문물이었다. 비록 일본을 상대로 전쟁을 치르고 제국을 선포했지만, 조선은 유럽 중심부의 사람들에겐 여전히 미개한 나라였다. 최초로 비행기를 날려도 백인인 라이트 형제 덕분이라며 반은 폄하되고 있었다. 그러한 인식과 편견이 깨지려고 했다.
배라리의 경영자인 배해성이 경주에 참여하는 운전자의 어깨를 두드렸다.
"워싱턴 레이스를 조심하게. 나머지는 그리 힘들지 않게 추월할 수 있을 거야. 긴장하지 말고."
"예. 사장님."
그 모습을 성한이 지켜봤다. 배라리와 빠르쇠의 차 형태를 보고 성한은 경주 결과를 미리 예측했다.
앞으로의 일이 눈에 뻔히 보였다.
'배라리, 빠르쇠가 아니면 워싱턴이 승리하겠군. 세대가 다른 기술로 달릴 테니 말이야. 그리고 서양인들은 동양의 기술에 감탄하게 될 거야.'
사람들의 반응까지 미리 예상했다.
탕—!
그리고 출발 신호가 떨어졌다.
출발과 함께 사람들이 탄성을 터트렸다.
"출발했다!"
"저거 뭐야?!"
"고려차가 앞서고 있어!"
"와아아아!"
초반에 급가속을 보이면서 배라리와 빠르쇠의 차가 앞서 나갔다. 이어 레이스가 속도를 내면서 따라 붙었고 영국을 비롯한 나머지 나라의 차들이 뒤로 밀려났다.
그것을 보고 사람들이 일어나서 환호했다.
"워싱턴과 배라리가 선두야!"
"아니야! 빠르쇠가 선두야! 곡선 주로에서 추월했어!"
"나머지 차들은 전부 밀려났어!"
함성이 크게 일어났다.
직선에서는 배라리가 가장 빨랐고 곡선에서는 차체가 가장 작은 빠르쇠가 빨랐다. 워싱턴의 레이스는 준수하게 두 차의 장점을 함께 가지고 있었다. 세 대의 차 모두, 매우 빨

랐고 곡선 주로에서 날카롭게 꺾어 들어갔다.

다른 차들은 균형을 잃지 않으려고 속도를 줄이든가 튕겨 나갔다. 몇 번의 곡선과 직선구간이 이어지면서 세 차는 나머지 차들을 완전히 따돌렸다.

그리고 치열하게 서로를 견제하며 번갈아 추월했다.

마지막에 결승선에 들어설 때는 거의 동시에 들어왔다.

사람들이 흥분하면서 세 자동차의 속력에 감탄했다.

"이겼다!"

"엄청 빠르네!"

"저렇게 빠른 차는 처음이야!"

귀빈석에 있던 귀족들이 기막힌 표정을 지었다.

"고려에서 만든 차에게 재껴지다니!"

"어떻게 동양 나라가 서양을 이긴 거지?!"

"누가 내 볼 좀 꼬집어 봐."

자존심에 상처를 입었다.

믿을 수 없는 사실을 받아들이기가 힘들었다.

그러나 끝내 받아들일 수밖에 없었다. 조선의 자동차가 세계 제일이라는 것은 부정하기 힘들었다. 현실을 직시한 사람들은 고려차에 대해서 관심을 보였다.

"어디 차라고?"

"배라리, 배라리야! 빠르쇠도 있어!"

"고려 전시장에 가서 제대로 봐야겠어. 세상에서 제일 빠른 차가 고려에 있다니, 오늘부로 고려를 새롭게 볼 거야."

차명보다 사명이 기억됐고, 사명보다 나라가 먼저 기억

됐다. 유럽 귀족들은 자신들의 마음을 훔친 고려의 차를 인정할 수밖에 없었다. 그 사실을 매우 흐뭇하게 여기는 사람들이 있었다. 그들은 이역만리 너머에서 조선을 알리기 위해 브뤼셀을 방문한 이방인들이었다.

총리인 김인석과 본국으로 소환되어 신임 외부대신으로 임명된 민영환이 귀빈 관람석에 있었다.

그리고 과학기술부 대신인 박은성도 있었다.

사람들에게 배라리가 거론되는 것을 들으면서 은성이 진한 미소를 지었다. 그리고 고개를 돌렸을 때 멀리서 자신을 쳐다보고 있는 성한을 발견했다.

성한이 목례하며 그와 김인석에게 인사했다.

잠시 후, 경주가 모두 끝나자 밖에서 성한과 김인석 등이 만났다. 포드는 크라이슬러와 함께 전시장으로 향했다. 김인석과 성한이 함께 악수했다.

"오랜만입니다. 그동안 건강하셨습니까?"

"예. 과장님. 과장님도 건강하셨습니까?"

"보는 대로입니다. 그러고 보니 총리가 되셨군요. 축하드립니다. 기술부장님도 건강해 보여서 보기 좋습니다. 하하하."

오랜만의 만남이었다. 수년 만에 만나다보니, 서로의 외모가 달라졌다는 것을 새삼 느꼈다. 환갑을 몇 년 앞에 앞둔 김인석은 머리에 백발이 채워졌다.

40세를 넘긴 성한의 머리에도 하얀 머리카락이 보였다.

얼굴에 주름이 더해졌고 과거에서 많은 세월을 보냈다는

것을 깨달았다. 하고픈 이야기가 많았다.

그러나 그 이야기를 풀면 하룻밤 가지고는 모자랄 것 같았다. 사람들이 조선 전시장으로 몰려가는 것이 보였다. 그들을 보면서 성한이 말했다.

"반응을 보니 이번 박람회를 계기로 조선에 대한 생각이 많이 바뀔 것 같습니다."

"인식을 바꿔야 합니다. 그래야 유럽에 조선의 물건을 팔 수 있습니다. 결국에 나라 간 수교를 하는 이유는 장사를 하기 위해서입니다. 교역도 서로를 인정해야 할 수 있습니다."

"맞습니다. 그러면, 이제 유럽에서 선의의 경쟁을 벌이겠군요."

"누가 이기든 우리가 이기는 것이지만, 적어도 조선의 이름을 걸고 이기겠습니다."

"기대하겠습니다. 건승을 빕니다."

"건투를 빌겠습니다."

앞선 기술로 유럽을 호령하고자 했다. 조선에 뿌리를 내린 천군과 미국의 경제에 뿌리를 내린 성한의 회사가 대결을 벌이려고 했다. 하늘에 유럽에서 제작된 복엽기가 날았고, 라이트형제가 제작한 라이트플라이어호가 가볍게 유럽의 비행기를 추월했다. 그리고 브뤼셀 시민들이 입을 벌렸다. 수개월 동안 이어지던 박람회에서 세계인이라 자칭하는 유럽인들이 미국과 조선의 기술력을 확인했다.

수많은 기계와 전시품이 시선을 끌었고, 무엇보다 미국

의 자동차 기술과 동등한 기술력을 지닌 조선에 세상이 경악했다.

배라리와 금성차, 남강차, 빠르쇠, 아우들, 포터르기니가 있었다. 조선에 그토록 많은 자동차 회사들이 있다는 것을 보고 놀랐다. 회사들은 저마다의 색깔을 드러내면서 귀족과 일반인들의 마음을 사로잡았다. 귀족들은 무엇보다 경주에서 성능을 드러낸 배라리를 마음에 들어 했다.

또한 고급재로 마감한 아우들에 주목하기도 했다.

차 앞에 선 사람들이 웅성거리고 있었다.

"모양을 봐. 마치 지적인 아름다움을 가진 여인 같아."

"저 차는 중후한 신사처럼 생겼어."

"저 차는 화물차야."

"동양에서 어떻게 이런 차를 만들 수가 있지? 도저히 믿기지가 않아. 플라스틱까지 차에 사용하다니, 더 이상 고려를 미개한 나라로 여길 수 없어."

조선은 어느새 미개한 동양 나라가 아닌, 문명국인 유럽 제국과 어깨를 나란히 했다. 그렇게 정한 것은 조선인이 아닌 오만한 유럽인들이었다. 그들은 조선을 인정했다. 금빛을 배경으로 앞발을 높이든 검은 말 문양을 기억했고, 날개를 펼친 하얀 말의 정면 모습을 기억했다.

그리고 위로 솟은 화살표 두개가 층을 이루는 문양, 방패 중앙에서 날개를 가진 검은 말이 기상하는 문양, 원 네개와 황소 문양을 기억했다. 비슷하면서도 가까이서 보면 아예 다르게 보이는 문양들이었다. 그리고 그 문양을 보면서 사

람들은 차명보다 사명을 먼저 기억했고 고려를 생각하면서 그동안의 편견을 허물었다. 자동차 외에 라이트항공사의 비행기도 전시되어 있었다.

더해서 무전 통신 장비가 공개되었다. 유선 전화가 완전히 보급되지 못한 열강 제국의 사람들은 충격에 빠졌다. 신문을 통해 유럽의 많은 사람들이 조선을 새롭게 인식했다. 그리고 기사의 사진으로 조선의 차가 어떻게 생겼는지, 얼마나 빠르고 잘 만들어졌는지 알게 됐다.

벨기에의 이웃나라인 프랑스에 두 회사의 자동차가 널리 알려졌다.

* * *

아침에 일어난 프랑스 최고의 권력자가 신문을 읽으면서 한 기사에 관심을 보였다. 그리고 함께 식사하던 동생에게 기사의 내용에 대해서 말했다.

세계에서 제일 빠른 차에 관심이 가지 않을 수 없었다.

"배라리의 애로우105라는군."

"애로우105?"

"시속 100킬로미터까지 5초 만에 주파한다고 105라는군. 그만큼 빠르게 달린다는 이야기겠지. 빠르쇠의 605는 60말과 5초를 뜻해. 고려에서 만든 차라고 하는데 기사에는 칭찬일색이야. 워싱턴의 레이스와 순위를 다툴 정도로 빠르다더군. 동양에서 이런 차를 만들었다니 믿어지지가 않아. 혹시 사람들이 착각한 게 아닐까?"

"착각은 아니야. 내가 브뤼셀에서 직접 봤으니까. 박람회를 방문했다가 보게 됐는데 정말 놀라운 차더라고. 그래서 어떻게 구할지 알아보는 중이야. 애로우를 비롯해서 고려의 차를 구하려는 사람들이 상당히 많아."

동생의 이야기를 프랑스 대통령인 '아르망 팔리에르'가 경청했다. 동생이 형인 팔리에르에게 속마음을 드러냈다.

"시험 삼아 몇 대 들여왔으면 좋겠어."

그 말을 듣고 팔리에르가 신문을 보면서 고심했다.

고민에 고민을 거듭하다가 사람들이 원한다는 말에 마음이 움직였다. 신문을 접으면서 팔리에르가 결단을 내렸다.

"시험 삼아 들여 보도록 하지. 그리고 괜찮으면 여러 대를 들이겠어. 프랑스에 자동차가 많이 필요하니까 말이야. 미국과 조선에 자동차 수입 허가를 내리도록 하지."

다소 경쟁체제를 이루는 것이 마음에 안 들었지만 사람들이 원하기에 수입에 나서기로 결정을 내렸다.

문제가 생길 경우 그것을 철회하면 된다고 생각했다.

프랑스 정부가 자동차 수입을 결정하자 독일과 벨기에 네덜란드 등도 따라 수입을 결정하면서 민심을 다스리기로 했다. 그리고 금성차의 공장이 위치한 울산, 사리원과 가까운 해주, 원산 등지에서 자동차를 실은 화물선이 출항하면서 유럽으로 자동차들을 실어 날랐다.

유럽의 중심인 파리에서 리본 커팅식이 이뤄졌다.

고려차라는 이름으로 자동차 전시장이 마련되고 거기에

고려 자동차 회사들이 모여서 차를 전시했다. 특별한 순간이었기에 조선에서 파리로 고관과 기업인들이 모였다.

서라벌상사의 사장인 최만희의 자식이자, 자회사인 금성차의 사장인 최현식이 있었고 남강차의 모기업인 남강상사의 사장인 이승훈도 참석했다. 그리고 배라리의 배해성, 아우들의 사형제와 빠르쇠, 포터르기니 등의 사장들도 참석했다. 모든 것이 꿈처럼 느껴졌다. 사장들과 인연이 깊은 박은성이 김인석에게 축사를 부탁했다.

"건승을 기원하는 축사를 부탁드립니다. 총리대신."

잔을 든 김인석이 앞으로 나섰다.

"이 전시장의 자동차 회사는 조선의 국위를 드높이는 애국 회사입니다. 조국의 얼굴인 만큼 임직원 전체가 하나가 되어서 근면하고 성실한 모습으로 외국인들에게 본이 되는 모습을 보여주기 바랍니다. 그리고 큰 성공을 이루기 바랍니다."

"예!"

"건배합시다. 건배!"

"건배!"

축배를 높이며 사업이 번창하길 기원했다.

자동차 회사의 성공은 곧 조선이 성공하는 길이었다. 그 성공의 이득은 오롯이 조선 백성들에게 전해질 것이다. 파리에 각 자동차 회사의 본사가 작게 세워지고 이웃나라인 벨기에와 네덜란드, 독일을 비롯한 나라의 수도에 딜러점이 세워졌다. 그리고 돈 많은 프랑스 부자가 파리 고려 자동차 전시장을 방문했다.
안내를 위한 통역원에게 부자가 물었다.
"여기에서 박람회에 전시됐던 차를 판다고 하던데? 이름이 뭐였소? 경주에서 수위를 차지했던 차 말이오."
"배라리의 애로우105와 빠르쇠605를 말씀하시는 겁니까?"
"그랬던 것 같소. 얼마면 되겠소? 아니, 이 자리에서 바로 살 테니 계약서를 주시오. 두 차를 사겠소."
고급스런 옷감으로 외투를 입은 부자였다. 부자의 요청에 통역원이 잠시 기다려 달라고 말하면서 배라리 매장으로 향했다. 그 사이 부자는 비서와 함께 걸어 다니면서 구경하다가 다른 매장의 차도 살피기 시작했다.
네개의 원으로 상징되는 자동차 매장에서 차를 살폈다.
그리고 매우 놀라워했다.
"이런, 엄청 고급지군."
통역원을 앞세운 매장 직원이 나와서 부자를 맞이했다.
"아우들입니다. 고급차를 전문으로 제작하는 회사입니다."
소개를 듣고 부자가 검지를 들어보였다.
"이 차의 이름이 뭐요?"
"그 차의 차명은……."
"아니, 아니지. 내가 다 사겠소."
"예?"
"못 들었소? 내가 전부 사겠다는 말이오. 그러니 계약서

를 주시오. 교양인은 명품을 알아보는 법이오."

부자가 계약서를 요구하자 직원이 잠시 놀랐지만, 이내 웃으면서 알겠다고 대답했다. 그리고 계약서를 준비했다.

배라리와 빠르쇠의 직원이 통역원과 함께 오는 동안 부자는 계약서에 서명을 하고 이미 모든 계산을 끝내 버렸다. 서명을 보고 직원이 눈을 크게 키웠다.

'조르주 비통…? 헉?!'

직원이 숨을 삼키면서 서명과 부자를 번갈아 쳐다봤다.

부자는 유럽의 유명한 가방 디자이너인 '루이 비통'의 자식이었다. 그리고 이전 박람회에서 전설적인 가방을 만들어 세계적인 명성을 얻은 사람이었다.

비통이 배라리와 빠르쇠의 직원으로부터 계약서를 받아 서명했고 금성차와 남강차로부터도 계약서를 받아 서명했다. 그리고 10개의 차 키를 받아 자신의 비서에게 넘겨줬다. 그로부터 일주일이 지났다.

자신의 저택에서 비통이 비서로부터 키를 받아 문 앞에 세워진 애로우105에 탑승해 시동을 걸었다. 으르렁거리는 소리와 함께 육중한 엔진음이 울려퍼졌다.

그 엔진음은 마치 심장소리와 같아서 차에 타고 있는 사람의 마음을 흔들고 흡족하게 만들었다.

클러치 페달에 발을 떼면서 가속 페달을 밟았다.

그러자 애로우105가 앞발을 치켜들었다가 달려나가는 말처럼 튕겨 나갔다.

비통의 입에 진한 미소가 배어들었다.

"좋군!"

도로를 달리며 사람들의 이목을 집중시켰다. 곧 그가 운영하는 가방 가게 앞에서 내리자 사람들이 몰려들었다.

사진기를 든 신문기자가 비통을 찍었고 사람들은 그가 타고 온 차에 대해서 관심을 보였다. 앞발을 든 말 모양의 상표가 사람들의 시선을 사로잡았다.

"배라리야!"

"조르주 비통이 타고 왔어!"

"우와!"

여심을 사로잡은 부자가 탄 차에 사람들이 관심을 보였다. 그리고 차의 보닛에 새겨진 상표를 보고 사람들은 그 차가 배라리의 차라는 것을 금세 알았다. 잠시 뒤 그의 회사에 다른 부자가 차를 타고 와서 내렸다.

그 차도 박람회에서 유명세를 떨친 차였다. 이번엔 성조기가 새겨진 방패 문양을 보고 사람들이 놀랐다.

"워싱턴!"

"워싱턴 레이스야! 세상에서 제일 빠른 차라고!"

"미끈하게 빠진 모양 좀 봐!"

신문기자들이 빠르게 사진을 찍었다. 그리고 비통 매장 앞에서 내린 부자는 주위를 돌아보고 천천히 매장 안으로 들어갔다. 사람들은 계속해서 세간에 유명해진 차에 주목했다. 다음 날, 파리 가판대에 배라리와 워싱턴을 타는 부유층들에 대한 기사가 실린 신문이 꽂혔다.

그 신문을 사람들이 사서 읽었다. 차체가 낮고 늘씬하게

빠진 차와 부유층들의 모습이 어우러졌다.
"워싱턴이라고?"
"이 차는 빠르쇠야."
"미국 차가 이렇게 멋진 줄은 몰랐어. 레이스뿐만이 아니라 워싱턴, 애담스도 정말 멋진 차야. 성조기 문양이 이렇게 멋있을 수 있다니 정말 대단해."
"배라리의 말은 마치 명마를 상징하는 것 같아."
"언제 이런 차를 타보지?"
사람들에게 두 나라의 차를 타보고 싶다는 마음이 생겼다. 그리고 얼마 지나지 않아서 파리의 고려차 전시장에 사람들이 모였다. 고급을 온 몸에 바른 부유층뿐만이 아니라, 조금 넉넉한 삶을 사는 사람들도 전시장으로 들어와 차를 구경했다. 그리고 금성차와 남강차 앞에서 발걸음을 멈췄다. 천마가 사람들의 눈앞에 있었고 서로 좌석에 앉아보려고 아우성을 쳤다.
차의 내장재는 그리 고급적이지 않았다.
그러나 가격에서 사람들을 충분히 경탄시켰다.
가격을 듣고 놀란 사람들이 직원에게 물었다.
"이… 이게 3천 프랑이라고요?"
"예. 고객님."
"정말로 3천 프랑입니까? 차가 그렇게 쌀 수 있어요?"
"그야, 누구나가 탈 수 있는 차로 만들어졌으니까요. 그것이 저희 금성차의 모토입니다."
"맙소사!"

"지금 계약하신다면 10만 킬로미터, 5년 기한으로 엔진과 변속기, 현가장치에 무상보증이 이뤄집니다. 원하신다면……."

"계약서를 주십시오! 당장 계약하겠습니다!"

어느 정도 돈을 모은 사람이 금성차에서 천마를 계약하고 차 키를 받았다. 그리고 전시장 밖에서 천마를 받고 눈물을 흘렸다.

"내가 차를 사다니…! 이런 일이……."

귀족들이나 부호들만이 탈 수 있는 차를 사게 됐다.

비록 좌석이나 마감재가 최고급은 아니었지만, 시동을 걸자 그 감동이 해일처럼 밀려왔다.

소매로 눈물을 닦으면서 직원의 안내대로 차를 몰았다.

이어서 차를 갖길 소망하는 사람들이 무더기로 차를 계약하면서 준비되어 있던 재고를 털어 버렸다.

고려차 전시장에 구름처럼 사람들이 모였고 차를 시승해 보면서 계약서에 서명했다. 차를 인도 받을 때까지 기다리는 시간은 인내하기 힘들 수밖에 없었다.

"뭐요? 얼마나 기다려야 한다고?"

"6개월입니다."

"6개월? 그러면 반년이나 걸린다는 이야기요?"

"그게, 고려에서 선적해서 오는 거라 시간이 걸릴 수밖에 없어서……."

"기 막혀서……!"

"죄송합니다. 손님."

"어쩔 수 없지… 일단은 계약하겠소. 대신 받았는데 이상이 있거나 하면 반품할 거요!"

"예. 손님! 감사합니다!"

천마를 계약하고 반년을 60년처럼 보내야 한다는 생각에 괴로웠다. 그러면서 밖으로 나와 그나마 빨리 살 수 있는 유럽의 자동차를 생각했다. 그러나 이내 생각을 접었다.

'비싸서 살 수 없는 차야. 어차피 고려의 금성차나 남강차밖에 살 수 없어.'

양털로 차내 바닥을 깐 차를 살 수 없었다.

비록 소재는 최고급이 아니지만, 실용적이고 나름 과시할 수 있는 저렴한 차를 사고자 했다.

수 년 동안 모은 돈으로 꿈을 이루고 싶었다.

전시장을 나가 길을 걷고 있을 때 한 딜러점을 보고 발걸음을 멈춰 세웠다. 그 딜러점은 조선에서 만든 차를 파는 딜러점이 아니었다.

'포드모터스?'

물고 있던 담배를 털고 길을 건너갔다.

그리고 그곳에서 6개월보다 빠른 4개월이라는 말에 바로 계약하고 천마를 해지시켰다.

포드모터스도 프랑스에 진출해 유럽을 노렸다.

미국과 조선, 두 나라의 자동차 회사가 유럽에 큰 족적을 남기기 시작했다. 파리에 세워진 프랑스본사에 포드가 몇 주간 머무르면서 포드모터스와 워싱턴의 유럽 진출을 진두지휘했다. 몇 달이 지나 프랑스인으로 구성된 임직원들로부터 보고를 받았다.

"완판입니다! 1차 도입분, 2차 도입분까지… 각각 5천대씩 모두 팔렸습니다! 3차 도입이 아직 정해지지 않았는데 딜러점에 계약이 계속 밀려들고 있다 합니다! 때문에 도입분을 크게 확대하셔야 됩니다!"

보고를 들은 포드가 잔잔한 미소를 지었다.

"우리가 모두 팔렸으면 조선의 자동차들도 모두 팔렸겠군."

"그럴 것이라 예상됩니다."

"3차 도입은 전 차종 합쳐서 1만대로 합시다. 수요가 높으니 모두 팔릴 겁니다."

"예! 사장님!"

포드의 지시를 따라 선적되어 대서양을 건너는 포드모터스의 차량은 총 1만대로 늘어났다. 포드모터스의 결정은 이내 언론을 통해 조선 자동차 회사로도 전해졌다.

포드가 파리에 남아 있듯이 조선 자동차 회사 사장들도 파리에 남아 경영을 벌이고 있었다. 조선 대신들이 돌아간 가운데 금성차의 최현식이 구심점이 되고 있었다.

인망과 덕망이 높은 경주 최씨 가문의 계승자가 크게 목소리를 높였다.

"조선에서도 우리 차의 수요가 높지만, 불란서에서 포드모터스와 워싱턴에게 밀릴 순 없소. 더군다나 이쪽은 회사들이 연합한 상태요. 3차 도입은 우리도 1만대로 해야 하오. 지금쯤이면 조선에서 추가적인 공장 건설이 완료될 거

요."

배라리의 배해성이 목소리를 높였다.

"우리가 3차 도입 차량을 늘린다는 것을 고객들에게 알려야 됩니다. 그래야 오랜 탁송 기간을 걱정하는 고객들의 마음을 붙잡을 수 있습니다."

"옳소!"

다른 자동차 사장들도 동의를 표했다. 남강차의 모기업인 남강상사의 사장인 이승훈이 정리해서 말했다.

"포드모터스에 맞서서 서양에서 우리 고객들을 늘리는 거요. 우리의 적은 유럽의 자동차 회사가 아니라, 미국 자동차 회사요. 절대 밀려서는 아니 될 것이오!"

이승훈의 말을 듣고 사장들이 고개를 끄덕이며 의지를 다졌다. 그리고 전시장 회의실에서 빠져나갔다.

조선 자동차 회사들도 1만대의 자동차를 다시 들이기로 했고, 그 소식은 이내 포드에게 알려지게 됐다.

포드가 소식을 받을 때 성한이 그가 묵는 호텔에서 함께 하고 있었다.

성한에게 포드가 앞으로의 사업 전략에 대해서 물었다.

"고려차들도 1만대를 들이기로 했다고 합니다. 이렇게 되면 우리가 물량에서 앞지르며 점유율을 높일 수 없습니다. 어떻게 하면 좋겠습니까?"

턱을 만지던 성한이 이내 생각을 정리하고 대답했다.

"가격을 낮춥시다."

"예? 차의 가격을 말입니까?"

"그렇습니다. 포드모터스, 워싱턴 그리고 금성차와 아우들, 배라리는 성능과 형태, 그 외에 많은 부분에서 비슷한 수준을 보입니다. 그렇다면 결국, 가격이 점유율을 가를 겁니다. 특히 가격에 민감한 대중차가 말입니다. 워싱턴의 가격은 유지하되 포드모터스의 차 가격을 내려야 할 겁니다."

성한의 조언을 듣고 포드가 고개를 끄덕였다.

"임원들과 함께 의논해보고 알려드리겠습니다. 이익률이 상당히 있기 때문에 충분히 가격을 내릴 수 있을 겁니다."

가격 인하에 긍정적인 뜻을 밝히고 논의를 거친 뒤 차 가격을 인하하기로 결정을 내렸다. 반대로 워싱턴의 가격은 높였다. 부자들의 과시욕을 한층 높이려는 전략이었다. 며칠 지나지 않아 신문에 대서특필이 되면서 사람들의 마음을 뒤흔들었다.

"이것 봐, 포드퍼스트를 3000프랑에서 2000프랑으로 내린다고 해!"

"뭐?! 진짜?!"

"그래! 고려의 금성차 때문에 포드모터스가 가격을 내렸어! 우리 월급으로도 몇 년 모아서살 수 있겠어! 포드퍼스트를 반드시 살 거야!"

더 많은 사람들, 심지어 서민이라 불리는 사람들에게도 차를 살 수 있는 기회가 주어졌다. 그로 인해 많은 사람들이 포드모터스 딜러점으로 달려갔다.

그런 상황을 조선 자동차 회사 사장들이 두고 보지만은 않았다. 이내 조치를 내렸고 사람들에게 소식이 전해졌다. 신문을 읽던 사람들이 경악을 토해냈다.

"미쳤어! 금성차도 2000프랑에 차를 팔겠다니?"

"이 회사들은 대체 뭐하는 회사들이야? 이렇게 차를 싸게 팔아서 장사가 돼? 돈을 모아서 반드시 천마를 사고 말겠어!"

워싱턴과 마찬가지로 아우들과 배라리, 빠르쇠의 경우에는 차 가격을 높였다. 그러나 대량으로 팔리는 대중차의 차값이 떨어지면서 파리를 흔들었다.

그 지진은 이내 프랑스 전체로 퍼져 나갔다. 그리고 딜러점들이 위치한 주변 나라들도 통째로 뒤흔들렸다.

자동차는 기술의 보고이며 최고의 사치품이자 장인들이 만들어내는 예술 작품과 같았다. 그와 같은 정신과 방식으로 차를 만드는 회사가 있었다. 그 회사의 경영자는 세계 최초로 가솔린 엔진을 개발한 사람이었다.

'카를 벤츠'라고 불리는 기술자였다. 그가 설립한 자동차 회사가 바다 서쪽과 동쪽에서 건너온 자동차들에게 침략을 받고 있었다. 벤츠에게 그의 임직원들이 긴급한 보고를 올렸다.

"매출이 많이 떨어졌습니다."

"포드모터스와 고려의 자동차 회사가 이정도일 줄 몰랐습니다."

"고객들이 우리 회사를 등지고 그들 회사에게로 가고 있습니다."

"조치가 필요합니다. 사장님."

직원들의 보고에 60세가 넘은 벤츠가 눈을 감았다.

박람회의 충격으로 미국과 조선의 자동차가 유럽에 진출할 것이라 예상했다. 그리고 실제로 그렇게 되었고 회사에 큰 악영향을 끼치고 있었다. 회사 창업 직후 적자에서 흑자로 전환된 지 십수년 만에 큰 적자를 볼 상황이었다. 고민 끝에 벤츠는 눈을 뜨고 자리에서 일어났다.

그리고 회사 건물로 나가 공장 앞에 세워져 있는 자동차들을 봤다.

'바겐'과 '나이트'라는 이름을 지닌 차들이 팔리지 않고 줄지어 서 있었다.

차들은 주인을 하염없이 기다리고 있었다.

벤츠가 힘없이 임원들에게 말했다.

"우리가 실력이 부족해서 저 정도밖에 못 만들지만 그래도 팔아야지……."

"사장님……."

"포드모터스와 워싱턴, 금성차, 배라리가 사람들의 시선을 끄는 만큼 그 시선을 우리에게 다시 가져와야 하네. 원가에 가깝게 가격을 낮춰서 팔게."

"그러면 회사의 수익이……."

"당분간은 버텨야 하네!"

"예! 사장님!"

고객이 원하는 모양과 기술에서 워싱턴과 배라리, 아우

들에게 밀렸다. 그리고 가격으로는 포드모터스와 금성차 남강차에게 완벽히 밀리고 있었다.

화물차는 포터르기니에게 압도적으로 당했다. 벤츠의 지시로 그의 회사는 뼈를 깎는 고통을 감내해야 했다.

그리고 그의 회사를 시작으로 다른 유럽 자동차 회사들도 죽을 각오로 차의 가격을 원가 수준으로 내렸다.

그 가격은 프랑스 화폐로 2000프랑이었다.

하지만 곧이어 비보가 전해지게 됐다.

"천마를 1500프랑에 판다고 합니다!"

"우리 차 가격이 싸져서 비싼 차를 원하는 고객들이 워싱턴과 아우들로 떠났습니다!"

"이대로라면 다시 매출이 꺾여서 최악의 적자가 나게 됩니다! 이를 어떻게 하면 좋겠습니까?! 사장님!"

임원들의 보고를 들은 벤츠의 눈동자가 떨렸다. 그러나 날아드는 비보는 그것으로 끝이 아니었다. 신문을 가지고 온 임원이 벤츠에게 보여주면서 다급히 외쳤다.

"미국 자동차 회사와 고려 자동차 회사가 4차 도입분을 결정했다고 합니다! 두 나라 회사 모두 각각 3만대에 달한답니다! 총 6만대가 화물선을 통해 지속적으로 유럽에 들어옵니다! 이대로 두면 우린 완전히 죽습니다! 대출을 내도 수익을 낼 수 없어서 파산하게 됩니다! 신속한 조치를 내리셔야 됩니다! 사장님!"

대한로드쉽과 조선에서 지속적으로 화물선들이 건조되고 있었다. 그리고 그 화물선들은 미국과 조선, 유럽의 해운 회사들에게 팔리며 자동차를 실어다 나르려고 했다.

한없는 어둠이 채워지는 것 같았다.

결정적인 비보에 벤츠가 할 말을 잃었다. 더 이상 두 나라의 자동차 회사를 상대로 이길 수 없다는 생각을 했다. 그때 한 임원이 주먹을 쥐면서 언성을 높였다.

"이렇게 당할 수는 없습니다! 여긴 미국도, 미개한 동양의 고려도 아닙니다! 우리가 파산하기 전에 정부에 우리의 요청을 전해야 합니다! 수입만 중단시켜도 우리는 살 수 있습니다! 더 이상 외국 자동차 회사가 들어오는 것을 막아야 합니다!"

그 의견에 다른 임원이 동조했다.

"정부가 잘못 판단했습니다. 프랑스 정부나 독일 정부나 죄다 멍청이들뿐입니다. 박람회의 차를 가지고 싶어서 놈들에게 성문을 열어주다니! 다시 내쫓고 문을 닫아야 합니다!"

이어 임원들이 한 뜻을 세웠다.

"막아야 합니다!"

"수입을 금지시켜야 합니다!"

"그래야 우리가 살 수 있습니다!"

임원들의 말에 벤츠가 고개를 끄덕이면서 결정을 내렸다.

"정부 관리들을 만나서 이야기 해보겠소. 우리가 파산하면 공장 직원들도 실직하게 되는 거요. 절대 그것을 허용하지 않을 거요."

경제 위기는 곧 권력층에 대한 반감으로 이어진다.

아무리 평민을 사람 취급하지 않는 귀족이더라도 눈치를 볼 수밖에 없었다. 눈치 없는 귀족은 이미 평민의 반란에 목숨을 잃어 왔다. 벤츠가 자동차 수입을 결정한 관료이자 귀족을 만났다. 그는 독일에서 카이저라 불리는 황제 다음으로 큰 권력을 가진 사람이었다.

총리인 '테오발트 폰 베트만홀베크'가 벤츠를 만났다.

그로부터 독일 자동차 회사의 어려움을 듣고 외국 차의 수입을 막아 달라는 요청을 받았다.

정치적으로 타당한 이유가 벤츠에게 있었다.

그가 한번 더 베트만홀베크에게 이유를 들며 설득했다.

"저희의 기술이 떨어진다는 것을 인정합니다. 하지만 이대로 시장에 선택을 맡겨 버리면 저희 회사는 물론이거니와 독일 내 자동차 회사와 공장들이 모두 망할 겁니다. 부디, 수입을 중단해 주십시오. 국민들의 일자리가 걸린 일입니다."

베트만홀베크가 잠시 생각한 뒤 대답했다.

"처음에는 성능 좋은 차가 타고 싶었고 다른 귀족의 바람을 충족시키려고 자동차 수입을 허용했소. 하지만 이젠 외국 회사에 독일 경제가 흔들리는 것을 걱정해야 되는군… 좋소. 벤츠 사장의 요청을 들어주겠소. 하지만 계속 이를 들어줄 거라 생각하지 마시오. 반드시 두 나라 회사의 기술을 뛰어넘는 차를 만드시오. 벤츠 사장이 나와 귀족들의 기대를 충족시킬 것이라고 보오."

"예. 수상 각하. 최선을 다하겠습니다."

요청이 수리되고 각오를 새롭게 다졌다.

벤츠가 독일 수상 관저에서 나가자 베트만홀베크가 미국과 조선의 자동차 회사 지사장들을 불러들여 더 이상 자동차 수입이 이뤄질 수 없음을 알렸다.

그 조치는 프랑스 정부에서도 동일하게 내려졌다.

두 나라 자동차 회사 사장들과 임원들은 깊은 고민에 빠졌다. 포드는 유럽에서 보호 무역이 일어나 유럽 진출이 차단되는 것을 걱정했다. 그리고 그 걱정을 성한에게 토로했다. 성한은 그에게 해결책을 제시해주었다.

* * *

성한은 통신기를 가지고 파리에 머물고 있었다. 그는 호텔에서 통신기를 가동해 한양으로 돌아간 김인석과 교신을 벌이기 시작했다.

자동차 수출이 백지화되는 것에 대해서 이야기했다.

"자유무역기구가 있고 없고의 차이가 크군요. 자국 회사에 불리하게 돌아가니, 걸어 잠그니까 말입니다. 덕분에 4차 도입은 무산될 상황입니다."

—일자리에 악영향을 주니 바로 조치를 내리는 것 같습니다.

"저도 그리 생각합니다. 때문에 이 일의 해결점은 권력자의 원성을 틀어막는 데에서 해결책을 찾아야 합니다. 결론은…….”

—일자리를 보장해줘야 하는 겁니까?

“예. 일자리가 보장된다면 수입 중지가 철회될 수 있습니다. 그래서 저는 포드모터스와 금성차가 프랑스와 독일에 공장을 짓는 것이 해결책이 되지 않을까 합니다. 공장을 건설하면 일자리 창출로 두 나라 지도층의 걱정을 거둘 수 있습니다.”

—그렇군요.

“거기에 약간의 기술 이전을 건다면 여지없이 수입 허가를 내리고 공장 건설도 승인할 겁니다. 물론, 그 기술을 뛰어넘는 기술로 새로운 차를 개발해서 판매하겠지만 말입니다. 이에 대해서는 어떻게 생각합니까?”

—좋은 해결책이라 생각합니다.

“조선의 사장들에게도 이 이야기를 전해야 할 것 같습니다.”

—조선에 오기 전에 미리 제가 과장님에 대해서 말해 뒀으니 전시장에 가신다면 과장님의 의견을 경청하고 받아들일 겁니다. 다만 걱정되는 것이 하나 있습니다.

“어떤 것을 말입니까?”

—올해가 1911년입니다. 몇 년 뒤면 유럽에서 세계 대전이 발발할 겁니다. 그에 대한 대비책이 있어야 합니다…….

김인석은 1914년에 발발하는 1차 세계 대전을 걱정했다. 그것에 관해서 이야기하다가 말끝을 흐리며 잠시 생각에 잠겼다. 그리고 다시 말했다.

—대비할 수 있을 겁니다. 우리가 그 일이 있다는 것을 알고 있으니 말입니다.

"사라예보 사건과 같은 불상사는 충분히 막을 수 있습니다."

—맞습니다. 그러니 무역으로 유럽을 제패합시다. 우리가 가진 기술이라면 충분히 가능합니다. 무역 전략은 과장님께 온전히 맡기겠습니다.

"나름 중책이군요."

—누구보다 잘하시리라고 믿습니다.

어깨가 무거웠지만 성한이 김인석의 부탁을 받아들였다.

"좋습니다. 그러면 제가 조선 회사의 유럽 진출도 진두지휘하겠습니다. 변경된 사항이 있으면 바로 알려드리겠습니다."

—건승을 빌겠습니다.

해결 방도를 정하고 교신을 끝마쳤다. 그는 통신기를 끄자마자 바로 안테나를 접어 호텔 금고 안에 넣었다.

로비로 나가서 워싱턴에 올라탔고 철수를 준비 중이던 고려 자동차 전시장으로 향했다.

그리고 사장들의 중심이 되는 최현식을 만났다.

최현식이 성한과 악수했다.

"처음 뵙겠습니다. 유성한입니다."

"금성차 사장 최현식입니다. 총리대신께 미리 이야기를 들었습니다."

악수하면서 성한에 대한 궁금증을 가졌다. 그저 천군 출신이며 위급할 때 조선인 사장들을 도울 것이라는 이야기를 김인석에게 들었다.

그가 포드와 함께 있었던 것을 기억했다.

'천군이라면 어째서 포드와 함께 있었던 거지? 전혀 모르겠군…….'

두사람이 어떤 관계인지는 전혀 몰랐다. 하지만 급한 일은 성한의 정체를 파악하는 것이 아니었다. 중요한 것은 김인석이 그를 천군이라 증언했고 그가 조선인 사장들을 구한다는 것이다.

바로 회의실로 향해 본론을 짚으며 이야기를 나눴다.

그리고 성한으로부터 해결책을 들었다.

"불란서와 독일에 자동차 공장을 설립하고 회사 경영에 치명적이지 않은 선진 기술만 공개하십시오. 그러면 적어도 4차 도입은 재개될 수 있습니다. 5차부터는 현지 생산으로 돌려도 됩니다. 이를 프랑스와 독일 정부에 알려 보십시오."

해결책을 듣고 사장들 사이에서 경탄이 일어났다.

배해성이 경탄하면서도 밀알 같은 걱정으로 성한에게 물었다.

"정말 그것으로 수입 재개가 이뤄지겠습니까?"

다시 성한이 말했다.

"정치인은 국민의 일자리에 민감합니다. 그러니 일자리를 만들어 준다면, 적어도 정치인의 불안을 거둬들일 수 있습니다. 속는 셈치고 프랑스와 독일 정부에 말해 보시기 바랍니다."

사장들이 서로 시선을 주고받았다.

희망의 눈빛이 가득했다.

최현식이 대표로 성한에게 말했다.

"말해보고 결과를 알려드리겠습니다."

그리고 보름 지나지 않아서였다. 수입을 중단시키겠다던 두 나라의 조치가 완벽하게 뒤집혔다. 신문을 통해 이 사실이 세상에 알려지며 두 나라 자동차 회사들이 발칵 뒤집히게 됐다. 신문을 든 벤츠가 손을 덜덜 떨었다. 아침에 비보를 들은 그의 임원들이 회의실에서 울먹였다.

"두 회사가 프랑스와 독일에 공장 건설을 한다고 합니다."

"때문에 수입 허가를 주지 않겠다던 결정을 전부 뒤집었습니다."

"활로가 보이지 않습니다. 이를 어떻게 합니까…? 다음 분기도 다다음 분기도 계속 적자입니다."

신문을 떨어트리면서 벤츠가 눈을 감았다.

"우리가 졌소…! 그리고 전부 내 책임이오. 회사에 돈이 떨어지기 전에 직원들에게 퇴직금을 내놓겠소……."

"사장님……."

"크흑… 흐흑……."

"흑흑……."

더 이상 살아날 수 있을 거라는 희망을 가질 수 없었다.

이젠 패배를 인정하고 받아들일 차례였다. 그리고 그들의 패배를 아깝게 여기는 사람이 있었다. 유럽 자동차 회사가 이런 어려움에 처했을 때 성한이 최현식을 다시 만났다. 그리고 그에게 획기적인 제안을 했다.

"독일의 자동차 기술자들을 영입하는 것에 대해서 어떻게 생각합니까?"

"독일의 기술자들을 말입니까?"

"예. 벤츠 사장은 경영자이기 이전에 기술자고 세계 최초로 가솔린 엔진을 개발한 사람입니다. 그리고 그를 비롯한 직원들은 하나같이 열정이 있고 근면성실 합니다. 유럽에 설립한 공장에서 그들을 쓴다면, 조선에겐 국익이고 회사와 그들에게는 사익입니다. 한번 고려해보시기 바랍니다."

그리고 이내 대답을 들었다.

"고려해볼 사안이 아닌 것 같습니다. 벤츠 사장과 임직원들을 고용하겠습니다. 조언을 해주셔서 감사합니다."

보름쯤 지났을 때 최현식이 직접 독일로 향했다.

그리고 공장을 정리하려던 벤츠와 임직원들을 만났다.

그들에게 새로운 미래를 선사했다.

"우리 회사에서 일 해보는 것이 어떻겠소? 비록 사명은 다르지만 이 공장을 인수해서 계속 일할 수 있게 해주겠소. 특히 기술자들에겐 독일에 세워지는 금성차 유럽 연구소에서 일할 수 있게 해주겠소. 어떻게 생각하시오?"

최현식의 제안에 벤츠가 임원들과 눈빛을 주고받았다.

파산해서 모든 것을 잃는 것보다 새로운 직장에서 일할 수 있는 것이 훨씬 나았다. 최악에서 최선이 무엇인지를 알고 있는 벤츠가 조심스럽게 물었다.

"만들고 싶은 차가 있소."

"어떤 차요?"

"이렇게 우릴 무너뜨린 차보다 더 좋은 차를 만들고 싶소. 그것을 지원해줄 수 있겠소?"

벤츠의 물음에 최현식이 고개를 끄덕였다.

"물론이오. 마음껏 만드시오. 금성차에선 차에 대한 열정을 가진 사람들을 얼마든지 환영하오. 우리 회사에서 사장의 꿈을 이루시오."

최고의 차를 만들겠다는 꿈이 있었다. 그 꿈을 위해 허물을 벗고 새롭게 탄생했다. 카를 벤츠와 최현식이 악수하고 벤츠는 금성차의 기술자로서 일하기 시작했다.

그리고 그가 개발하는 차에 특별히 벤츠라는 이름이 들어가기 시작했다. 금성차가 벤츠 사장의 공장과 사람들을 모두 거둬들였다. 파리로 돌아온 최현식이 크게 만족하면서 성한에게 전화를 걸어 왔다.

목소리에 잔뜩 힘이 들어가 있었다.

—인수를 완료했습니다. 열정 가득하고 성실 근면한 직원들이라 기대가 큽니다. 그동안의 조언에 감사드립니다.

"도움이 된 것 같아. 다행입니다. 다음에도 연락하고 만날 수 있었으면 좋겠습니다. 강건하시길 바랍니다."

—과장님도 강건하시길 바랍니다.

"그럼, 이만."

전화를 끊고 흐뭇한 미소를 지었다.

세계 자동차 산업의 미래가 크게 바뀔 것이라고 생각하면서 앞으로 벌어질 일들을 기대했다. 벤츠의 손에 의해서, 그와 똑같은 자동차 기술자인 자식의 손에 의해서, 조선에서 새로운 명차가 탄생될 것이라고 믿었다.

그런 생각을 할 때 다시 전화벨이 울렸다.

"해리 존스입니다."

전화를 받으면서 신분을 알리자 수화기 안에서 익숙한 목소리가 울려퍼졌다. 헨리 포드였다.

—존스씨. 포드 사장입니다.

"예. 말씀하십시오."

—루이 르노와 그의 회사 직원들과 함께 에토레 부가티와 그의 자동차 회사 직원들을 영입했습니다. 그리고 두 사장을 우리 회사의 기술 책임자로 임명했습니다. 내년을 목표로 새로운 자동차 개발에 나섭니다.

포드의 보고를 듣고 성한이 웃으면서 당부의 말을 전했다.

"늘 그래왔던 것처럼 노동자들을 잘 대우해주십시오. 포드 사장을 믿겠습니다."

—최선을 다하겠습니다.

전화를 끊었고 유럽에서의 할 일을 끝냈다. 자동차를 앞세워 유럽에서 할 수 있는 모든 것을 해냈다. 씨앗을 심고 싹을 틔웠으며 그 싹이 나무가 되고 숲으로 변하기를 기대했다. 수고를 끝내자 한숨이 절로 나왔다.
"후우……."
반년 넘도록 파리에서 성한을 경호하던 석천이 물었다.
"이제 집으로 돌아갑니까?"
성한이 고개를 끄덕이면서 대답했다.
"돌아갑시다. 애들이 보고 싶네요. 이제 유럽에서 새로운 미래가 펼쳐질 겁니다."
그들은 배편으로 프랑스에서 미국으로 향했다. 그리고 뉴욕으로 돌아가 오랫동안 보지 못했던 가족을 만났다.
지연과 정호와 혜민을 다시 만났고 혜민이 성한에게 안겨 눈물을 흘렸다. 성한이 6살이 된 딸의 머리를 쓰다듬었다.
"아빠… 이제 멀리 안 가……?"
딸의 물음에 성한이 피식하면서 웃었다.
"당분간은."
그는 혜민을 안은 채로 어색해하는 정호의 머리를 쓰다듬었다. 그리고 기다리고 있던 지연으로부터 포옹을 받았다.
"무사히 돌아와 줘서 고마워."
모든 것이 감사했다.
가족이 있고 다시 볼 수 있다는 사실, 그 자체가 너무나 감사했다. 성한과 지연의 애틋한 키스를 석천이 흐뭇한 미소로 쳐다봤다. 그에게도 가족이 있었다.
"집에 가야지."
대원들을 다시 만났고 평온한 일상을 보내기 시작했다.
일본을 상대로 전쟁을 치러서 승리를 거둔지 10년째였

다.

조선은 이웃 나라들과 새로운 역사를 쓰기 시작했다.
그 역사에는 화해와 용서가 있었지만, 피를 흘림으로써 대의를 이룰 수밖에 없는 큰 사건도 있었다.
또한 차마 피할 수 없는 일도 존재했다.
그 일은 반드시 대비하면서 물길을 돌릴 수밖에 없었다.

1911년, 조선이었다. 식민지배의 역사는 사라지고 번영의 역사가 새로 태어났다.
조선은 동양의 최강국이었다.

신조선전기

新

중화국은 오직 한족을 위한 나라다

지금으로부터 3년 전, 1908년이었다. 1억명이 넘는 백성을 발아래에 두었던 황제가 숨을 거둔 뒤, 한 여인이 숨을 거두려 했다. 드넓은 인공호수를 앞에 둔 화려한 이화원에 변발을 한 근위대가 서슬 퍼렇게 경계를 서고 있었다. 그곳에서 여인이 가쁘게 숨 쉬었다.

그리고 무릎을 꿇은 대신들에게 마지막 말을 남겼다.

"다시는 나처럼… 여자가 정사를 논하게 하지 말라……."

"태황태후 마마…! 흐흐흑… 흐흑……!"

그 말을 끝으로 태후는 손을 떨어트렸다.

그녀를 따랐던 대신들이 오열했다. 그녀를 따르지 않는

대신과 백성들은 드디어 나라를 파국으로 몰던 여인이 죽었다고 생각했다. 서태후 엽혁나랍 행정이 숨을 거뒀다. 그리고 그녀가 택한 아이가 그녀의 죽음 전날에 승하한 광서제의 뒤를 이어 황제가 됐다.

새 황제의 성과 이름은 '애신각라 부의'였다. 고작 3살에 황위에 올라 서태후의 대신들이 청나라를 통치했다.

그들 대다수는 만주족이었다. 서태후 사후, 숨어 있던 지식인들이 목소리를 높이며 의견을 개진했다.

그 의견들은 크게 세 부류로 나뉘었다. 한 부류는 청 황실에 대해 충성을 맹세하는 부류였다. 나머지 두 부류는 각각 의회 정치를 앞세운 입헌군주제 실현을 목표로 삼은 부류와 황실을 폐하고 공화정 수립을 목표로 삼는 부류였다. 전자는 청나라 황실과 같은 민족인 만주족의 논리를 따랐다. 두번째는 청나라를 진정한 중국으로 만드는 것, 세번째는 중원의 주인인 한족의 나라를 다시 세우는 것을 목표로 했다. 그리고 청나라 지식인들은 주로 두번째 논리로 한족의 요직 진출을 원하고 있었다.

청나라 백성 중 7할 가량이 한족이었다.

모인 백성들은 수시로 나라에 대한 이야기를 하면서 저마다의 생각을 밝히고 한족이 부흥하길 원했다.

차를 파는 가게에서 백성들이 모여 이야기를 나눴다.

"청국이 만주족의 나라인가 아니면 우리 나라인가? 전자라면 우리가 만주족의 식민이지만, 후자라면 마땅히 우리 민족이 요직을 차지해야 돼."

"맞아!"

"이번 개각에 한족 대신들이 얼마나 자리를 차지하나 두고 보자고."

서태후가 죽은 지 3년이 지났을 때였다.

불완전하지만 의회가 새로 구성되고 권력이 흩어지면서 숨죽여왔던 사람들이 목소리를 높이기 시작했다.

그것은 자유였고 새로운 혼란이었다. 서태후의 폭정에 숨죽이고 있던 생각이 죽순처럼 올라와서 하늘을 찌르기 시작했다. 그리고 청나라 백성들의 관심 속에서 새로운 내각 대신들이 정해졌다. 신문과 소문을 통해 소식을 들은 청나라 백성들의 기대는 한순간 실망으로 변했다.

주먹을 쥐면서 분노할 수밖에 없었다.

"중신 13명 중에 한족이 4명이라니!"

"만주족이 9명이고 황실 6명이야! 거기에 한족 대신 중 다수가 만주족의 개라니!"

"개각에 기대한 우리가 바보였어!"

반감을 드러내면서 조정에 대한 불만을 토로했다.

그리고 장터를 순찰하는 순검들 보고 변발을 한 한족 백성들이 자리에서 흩어졌다. 그저 입을 꽉 다물고 만주족에 대한 분노를 품었다. 개각 후 '애신각라 혁광'이 총리대신이 됐다. 그리고 한족 대신인 성선회가 우전부를 맡아 요직에 앉았다. 그는 황실과 만주족에 충성을 다해서 더 높은 자리를 넘보고 있었다. 그가 욕심을 부렸다.

"철도를 국유화 합시다."

"철도를 말이오?"

"그렇습니다. 현재 청국 전체로 퍼져 나가야 할 철도가 민영으로 건설되어 사익에 휘둘리고 있습니다. 때문에 벌써 공사가 끝나야 할 구간들도 이익과 손해 사이에서 갈피를 못 잡고 공사가 지지부진 합니다. 이럴 바에 철도를 국유화해서 외국에 차관을 빌려 신속히 공사하는 게 낫습니다."

성선회의 의견을 듣고 음창이 물었다. 그는 육군대신으로 비록 황실에 속한 사람은 아니었지만 만주족이었다.

"철도를 국유화 하면 거기에 돈을 투자한 백성들을 상대로 강탈하는 것이 되지 않겠소? 모양새를 좋게 만드는 방법은 없소?"

성선회가 말한 철도 국유화에 문제가 있음을 지적한 것이다. 그리고 대답을 들었다.

"채권을 발행하는 겁니다."

"채권?"

"투자를 증명하는 주식과 채권으로 교환한 뒤, 철도 완공 후에 갚아준다고 약조하는 것입니다. 그러면 손해를 주지 않고 국유화 할 수 있습니다. 철도를 통해 백성들을 하나로 모으고 국력을 키워 외세에 맞서야 합니다."

그의 주장에 대신들이 탄성을 일으키며 공감을 표시했다.

총리인 혁광이 대신들에게 물었다.

"이견이 있소?"

"……."

"없다면, 내가 폐하께 청하고 윤허를 받겠소. 민영으로 건설되는 철도를 국유화 하겠소."

조정의 결정이 내려지고 혁광이 자금성으로 향했다.

태화전에서 높은 용상 위에 앉은 황제 부의를 만났다. 그리고 부의에게 철도 국유화의 필요성을 설명하고 윤허를 기다렸다. 수렴청정을 벌이는 새로운 태후가 부의의 아비에게 물었다.

그는 황제가 된 적이 없지만 엄연히 황족이었다.

태후 '엽혁나랍 정분'이 섭정에게 물었다.

"감국섭정왕."

"예. 폐하."

"어떻게 하면 좋겠소?"

'감국섭정왕'인 '애신각라 재풍'이 곧바로 대답했다.

"총리대신의 충언이 매우 합당하고 현명합니다. 그의 청대로 하시면 될 것 같습니다."

"섭정왕이 처결하세요."

"예. 태후마마."

황제를 대신해 재풍이 재가를 내렸다.

혁광이 부의를 향해 부복했다.

"황은이 망극하옵니다. 폐하."

그로써 청나라의 철도가 국유화 됐다.

철도 건설에 투자한 부호들에게 공채가 쥐어지면서 주식을 대신했다. 주식을 강탈당한 부호들은 당연히 분노할 수밖에 없었다. 그들 대다수는 한족이었고 분노의 화살은 조정과 만주족으로 향할 수밖에 없었다.

사천에서 철도 투자자들이 공채를 찢었다.

그들의 반감은 이미 절정에 치달았다.

"철도가 완공되면 갚는다니?! 조정에서 할 수 있었으면 우리 손으로 철도를 건설하겠다고 나서지도 않았지!"

"우리 손으로 건설되는 철도를 지켜야 하오!"

"옳소!"

"동맹휴학하고 납세를 거부하시오! 더 이상 조정의 노예로 살아서는 안 되오! 당당하게 우리 목소리를 내는 거요!"

"옳소!"

"와아아아아~!"

시위가 터지고 혼돈의 문이 열렸다. 사람들이 나와서 깃발을 들고 주먹 쥔 팔을 높이 들었다.

하늘에 분노한 민심이 크게 울려퍼졌다.

"조정은 민의로 건설되는 철도를 강탈하지 마라!"

"강탈하지 마라! 강탈하지 마라!"

"우리는 외세가 아닌 우리 손으로 철도를 건설한다!"

"건설한다! 건설한다!"

시위가 터짐에 사람들이 불안해했고, 또는 시위대의 주장에 주장하면서 주먹을 불끈 쥐었다. 10대 소년, 소녀들과 60살이 넘는 노인들까지 한 뜻이 됐다. 그리고 그런 시위대의 외침이 사천 총독인 조이풍에게 전해졌다.

조이풍은 외세에 힘을 빌리지 않고 직접 철도를 건설하

겠다는 백성들의 뜻에 감화됐다. 철도를 지킨다는 '보로운동'에 동정하면서 황도에 전화를 걸었고 성선회와 직접 통화를 했다. 성선회는 사천에서 시위가 일어난 사실을 듣고 분노했다.

—지금 뭐라고 했소?

"그러니까, 철도 국유화로 민심을 건드리지 말고……."

—반란이오! 그것은! 조정에서 국유화를 결정했는데 어찌 감히 백성들이 따르지 않는단 말이오! 괜히 불씨를 놔둬서 화재를 일으키지 말고 진압하시오! 그대로 둔다면 총독에게 반드시 책임을 물을 것이오!

호통을 듣고 전화가 끊어졌다.

조이풍의 등골에서 식은땀이 났다.

그는 수화기를 내려놓고 한숨을 쉬었다.

그리고 즉시 군 지휘관을 불러들였다.

"시위대를 진압한다……."

"예! 총독!"

한양보총으로 무장한 사천 총독군이 움직였다. 성도 광장에 모인 시위대를 총독군이 포위했고 소총을 조준했다.

총독군 병사 중 한명이 시위에 가담한 백성을 조준하고 숨을 삼켰다. 그는 자신의 숙부였다.

놀라서 총에서 얼굴을 떼고 중대장에게 쏘면 안 된다고 말하려 했다. 그러나 발포 명령이 더 빨랐다.

"발포!"

탕! 타타탕! 타탕!

"꺄아악!"
"계속 쏴라!"
비명소리가 크게 울려퍼졌다. 날카로운 총알이 사람들의 머리와 심장을 찔렀다. 함성을 드높였던 시위대가 총독군의 총격에 쓰러졌다. 날아드는 총탄을 피해서 시위대가 흩어지기 시작했다.
"도망쳐!"
탕! 타탕!
"크흑……!"
"형!"
도망치던 형제 중 형이 쓰러졌고 동생이 그의 몸을 끌어안고 울부짖었다. 15살도 되지 못한 아이들이 쓰러졌다. 또한 여인과 노인들도 총탄에 쓰러져서 몸부림을 쳤다. 그리고 숨소리를 지우면서 생의 끈을 놓아버렸다. 총격을 가한 총독군이 도망치는 시위대를 향해서 돌격했다.
"반역자들을 추포한다! 반항하는 자가 있으면 모두 죽여라!"
"예! 대대장님!"
"돌격!"
"와아아아~!"
착검한 장병들이 전력질주하며 시위대의 뒤를 쫓았다.
총성과 비명소리가 성도 하늘에서 크게 울려퍼졌다.
그리고 시위에 가담하지 않은 사람들은 건물 안에서 문을 걸어 잠그고 난리가 끝나기를 기다렸다.

자고로 큰 고을은 상인들이 몰리기 마련이었고 성도는 수천년의 역사를 이어오는 황도 중 한곳이었다. 그리고 그곳에 청나라가 아닌 다른 나라에서 온 상인들도 있었다. 서해 바다를 건너 대륙을 횡단한 조선인들이 장사를 멈추고 가게 문을 닫고 안에서 머물렀다. 그들은 삼국공사관을 통해 외부에서 내려진 주의를 듣고 지침을 따르고 있었다. 청나라는 조선을 동등한 나라로 보지 않아, 공사관 설치를 여전히 거부하고 있었다. 성도에서 유혈사태가 일어날 수 있다고 미리 경고를 받았다.

"정말로 총독군이 시위대를 진압하고 있어."

"밖은 위험하니까, 절대로 밖에 나가면 안 돼. 알았지?"

"예. 어머니."

한 부부가 아이와 함께 집에 머물렀다. 본래대로라면 대피를 해야 했다. 그러나 피할 수 없다면 건물 안에 머무르라는 지침에 따라 진정되기를 기다렸다.

계속 울려퍼지던 총성이 조금씩 잦아들기 시작했다. 한 시간이 지났을 때, 정적이 감돌며 성도에 긴장감이 돌았다. 창문 앞에 서서 남자가 밖을 살폈다.

그때 문을 두드리는 소리가 들렸다.

쿵! 쿵! 쿵!

"여… 열어주세요!"

청나라 여인이었다. 남자가 아내와 흔들리는 문을 계속 쳐다봤다. 남자는 가슴속에서 일어나는 마음의 소리를 들었다. 남자가 일어나자 그의 아내가 소매를 붙들었다.

"여보……."
"괜찮아. 밖을 확인해보고 열게."
문 옆에 창문이 있었다. 창 밖에 군인이 있는지 살피고 조심스럽게 문을 열었다. 그러자 청나라 여인이 안으로 들어와서 쓰러졌다. 남자는 급히 문을 닫아 잠그고 쓰러져서 벌벌 떠는 여인의 몸을 살폈다.
남자가 청나라 말로 물었다.
"괘… 괜찮소?"
"……."
어떤 대답도 할 수 없었다. 그저 피 흘리는 팔을 붙잡고 벌벌 떨었다. 아무래도 왼팔 상박에 총상을 입은 듯했다. 남자가 아내에게 약을 가져와달라고 말했다.
"여보!"
"알겠어요……!"
깨끗한 천과 약을 가지러 안방으로 가려고 했다.
그때 닫힌 문 밖에서 인기척이 들렸다.
다시 문이 흔들렸고 거친 목소리가 울려퍼졌다.
"문 열어! 안에 있는 거 알아!"
"……!"
"셋 셀 때까지 열지 않으면 문을 부수고 들어가겠다! 하나! 둘! 셋!"
쾅!
탕! 타탕!
"여보!"

탕!
"꺄악!"
남자의 집에서 총성이 울려퍼졌고 아내가 비명을 질렀다. 그리고 몇 번의 총성이 더 일어났다. 총독군의 발아래에 남자와 그의 아내가 쓰러졌고 두사람의 소중한 아이도 쓰러져서 피를 흘렸다. 그들이 지은 잘못은 한 여인을 구하려 한 것밖에 없었다. 총독군을 피해서 집에 들어왔던 여인도 머리에 총탄을 맞아 이미 죽어 있었다.
집안이 온통 피범벅이 되었다.
장교가 들어와서 병사들에게 물었다.
"잡았나?"
"예! 소대장님!"
"저 자들은?"
"죄인을 도우려 했기에 사살했습니다! 아이는 놈들을 죽이다가 얼떨결에……."
"……."
아이를 죽인 병사가 착잡한 모습을 보였다.
병사의 어깨를 소대장이 두드리며 위로했다.
"고의가 아니니 네가 잘못한 것은 없다. 잘못이 있다면 이 여자를 도우려 했던 이놈들에게 있어."
"예… 소대장님……."
소대장의 위로에 병사는 운수 나쁜 일이 벌어진 것이라고 생각했다. 집 안에 또 다른 시위자가 숨었는지 찾으려고 소대장이 수색 명령을 내렸다.

"혹시 모르니 안을 샅샅이 뒤져라."

"예!"

병사들이 집안을 뒤지면서 다른 죄인이 있는지 찾으려고 했다. 그때 안방의 벽에 액자를 보고 하던 것을 멈췄다. 액자 안에 담긴 것을 보고 모든 병사의 얼굴이 납빛이 되었다. 한 병사의 보고를 듣고 소대장이 급히 안방으로 들어왔다. 그리고 액자에 담겨 있는 것을 봤다.

"맙소사……!"

등골이 서늘해지는 것을 느꼈다. 어쩌면 치명적인 실수를 했을지도 모른다는 생각을 했다.

액자 안에 태극기가 담겨서 펼쳐져 있었다.

방을 수색하던 병사들은 조선글로 쓰인 책과 가계부, 장부 등을 보게 됐다.

두 사람과 죽은 아이들은 조선인이었다.

그때만 해도 사람들은 일이 그렇게 커질 줄 몰랐다.

중원의 조선인들이 대혁명의 미래를 결정짓고 있었다.

* * *

욱일기에서 빨간 줄이 지워졌다. 일장기가 단상 위에서 나부끼고 있었고 아직 조선의 통치를 상징하는 태극기가 나부끼고 있었다. 단상 앞에 수많은 군중이 모인 가운데 그 위로 권력을 갖길 원하는 사람들이 올라섰다.

어떤 이는 자신의 명예를 높이기 위해서, 어떤 이는 역사에 이름을 남기기 위해서, 어떤 이는 일본 국민들에게 희망을 안기기 위해서 올라섰다. 차례대로 자신에게 권력이 허락되어야 할 당위성을 설명했다. 전쟁이 끝난 후 10년 동안 부를 축적했던 부호가 사람들에게 연설했다.

"저는 여러분들에게 이미 증명했습니다! 제가 장사로 많은 부를 끌어 모은 것처럼, 제가 대통령이 된 일본 또한 부를 끌어 모아 국력을 키울 것입니다! 또한 다시는 전쟁이 일어나지 않는 나라가 될 것입니다!"

또 한사람이 단상 위에 섰다.

그는 전쟁 이전에 화평을 주장하던 사람이었다.

"저를 뽑아 주신다면 이웃나라와 다투지 않고 화합을 이뤄 평화로운 일본을 건설할 것입니다!"

저마다 자신들이 생각하는 이념의 방향을 국민들에게 알리고 선택 받기를 원했다. 그리고 조선에 맞서 싸웠던 사람이 단상 위에 올랐다.

그를 본 군중이 크게 술렁였다.

"누구야……?"

"세상에! 토고 제독이야!"

"토고 제독께서 대통령 후보에 출마하셨어!"

미리 소식을 들었던 사람들도 있었다. 하지만 소식을 듣지 못했던 사람은 토고의 대통령 선거 출마에 놀라워했다. 일본의 대통령 선거 후보는 일본 국민의 선택을 받기도 했지만 조선의 선택을 받아야 했다.

단상 위에 선 토고의 시선이 동경 시민들에게 향했다.

그리고 자신이 만났던 조선의 정치가를 기억했다.
후보로 나서기 전에 특무대신을 만났었다.

"이 책, 제독의 것이오?"
"그렇소."
"충무공은 조선에서 만민이 숭배하는 영웅이오. 더군다나 일본과 전쟁을 치를 때 수많은 일본 장병들을 죽였소. 그런 충무공을 배우려는 것이오?"
"나에게 이순신은 나의 스승이자 가장 존경하는 위인이오. 전략과 전술, 백성에 대한 의리, 나라에 대한 충성심, 그 어느 것 하나 배우지 않을 것이 없소. 한 나라의 지휘관이라면 이유불문 이순신의 모든 것을 배워야 하오. 그래서 나는 조선에 맞서 싸운 것이오."
"하나만 묻겠소. 일본 정치가들이 벌인 거짓의 진실이 무엇인지 알고 있소?"
"알고 있소."
"그런데 어째서 그들을 막지 않았던 거요?"
"막고 싶다고 막을 수 있는 게 아니었으니까. 그 자들의 거짓에서 일본이 벗어나기 위한 유일한 해결책은 나같은 자가 반란을 일으키는 것이 아니오. 철저하게 조선에게 패하는 것만이 유일한 길이었소. 때문에 나는 지금 이 순간을 기다린 거요. 그저 내가 맡은 소임을 다하면서 말이오. 변명으로 들리지 모르나 그것이 내가 생각한 최선이었소."
총독을 돕는 장성호라는 자에게 일본 제독이었던 자신이

조선군에 맞서야 했던 이유를 설명했다. 그리고 경하며 고개를 끄덕이는 그의 모습을 기억했다. 조선 최고의 실세가 자신에게 권력을 허락했던 순간을 기억했다.

그가 자비를 베풀었다.

"무릇 장수는 전장에서 적을 상대로 용감히 싸워야 하오. 설령 주군이 어리석은 결정을 내리고 명령을 내리더라도, 그 명령이 민간에 대한 고의적인 피해나 약탈이나 방화 같은 범죄 수준의 해를 끼치는 것이 아니라면 반드시 따라야 한다고 생각하오. 그것이 군인이라는 특수한 신분이 가질 수 있는 입장이오. 때문에 나는 제독이 맡은 바 소임을 다 했다고 생각하오. 군인으로서 보여야 할 마땅한 자세를 보였기에, 아마도 법정에서도 과한 처벌이 이뤄지지 않을 것이오. 형을 마치고 나면 복권시켜 줄 테니 일본의 미래를 이끌어 주시오. 그 길이 정의로운 길이라면, 조선은 제독과 일본 국민들을 도울 것이오. 그리고 함께 번영을 구할 것이오. 이를 유념해 주시오."

조선에 생포된 후 전쟁범죄에 관한 재판을 받았다.

그리고 군 지휘관으로 최선을 다하고 전쟁 유도를 주도하지 않았다는 논리로 2년의 짧은 징역형을 받고 형기를 마쳤다. 이후 인륜에 반하는 범죄를 저지르지 않고 조선에 반목하지 않은 군 지휘관들이 복권됐다. 해군 제독이었던 토고 헤이하치로도 권력을 손에 쥘 수 있었다. 그는 일본 국민들을 위해서 권력을 바르게 쓰고 싶었다.

단상 위에 서서 그 의지를 크게 일으켰다. 대통령이 되길 원하는 토고의 목소리가 일본 천하에서 크게 울려퍼졌다.

"일본은 명백히 패전국이오! 때문에 우리는 우리의 패배를 돌아봐야 할 의무가 있소! 어째서 전쟁이 일어났는지! 어째서 전쟁에서 패했는지! 우리가 어떤 불의를 허락했는지 돌아보고 또 돌아봐야 하오!"

좌중은 토고의 말에 귀를 기울였다.

"나는 우리가 강국이 되려고 하는 데에 대해서 잘못이 없다고 생각하오! 나라가 강해진다는 것은 부국강병을 뜻하고! 부국은 국민이 풍요로워지는 것이며, 강병은 국민의 재산을 지키는 것이오! 세상의 그 어떤 나라가 그것이 잘못되었다고 말하겠소! 그러나 우리는 강국으로 향하는 길을 잘못 밟았소!"

몇몇 사람들이 과거의 일들을 떠올리며 고개를 숙였다.

토고의 연설은 계속되었다.

"정당한 거래로 외국과 우리의 이익을 함께 이루려는 것이 아니라, 비겁하게 남의 것을 노리고, 약한 나라의 것을 빼앗으려고 했소! 그 약한 나라가 강해지자, 두려워하며 우리 스스로에게 거짓을 씌웠소! 그리고 그것이 결국 패전으로 이어지고 조선 총독의 통치까지 허락하게 된 거요! 우리는 지금까지의 일을 돌아보고 더 이상 잘못 된 길을 걷지 말아야 할 거요! 나는 대통령이 되면 일본의 산업과 경제를 일으켜서 부국강병을 이룰 거요! 그리고 일본을 정의로운 나라로 만들겠소! 전과 같이 불의한 일이 벌어지는 것을 절

대 용납하지 않을 거요!"

토고의 당당한 선언에 모두들 강렬한 기분에 사로잡혔다.

"나, 토고 헤이하치로를 부디 믿어주기 바라오!"

연설이 끝나자 사람들이 함성을 일으켰다.

"토고 헤이하치로!"

"토고! 토고! 토고!"

그는 환호를 뒤로 하면서 제자리로 들어왔다. 그때 화평을 주장하던 후보가 토고를 노려보면서 경고했다.

토고가 주장하는 바가 마음에 들지 않는 듯했다.

"부국강병을 이루겠다? 이전의 야마가타와 이토, 이노우에도 그렇게 말했소. 조선이 가만히 있겠소? 설마 조선을 상대로 전쟁을 치르겠다는 거요? 조선이 가만히 있겠소?"

후보의 말에 토고가 담담하게 말했다.

"조선이 얼마나 강한지는 내가 더 잘 알고 있소. 당신과 다르게 나는 조선군과 교전했던 사람이오. 그리고 악을 써도 이길 수 없다는 것을 아오. 그 전에 전쟁을 치르면 장병들이 죽고 국민이 피해를 입는다는 것을 알고 있소. 때문에 부국강병을 지향하되, 우리 땅과 국민을 공격하지 않는 방어 전략으로 군을 다시 세울 것이오. 또한 조선과의 협력을 강화하고 동맹을 이룰 것이오. 만약 정의를 세우는 데에 무력이 필요하다면 마땅히 써야 한다고 생각하오. 그것이 내가 생각하는 일본이오."

"……."

"국민들이 우리들 중 한명을 택할 것이오."

토고의 말에 그에게 경고했던 후보가 입을 꾹 다물었다. 총독부에서 일하는 관리들은 토고의 말에 감화됐다.

멀리서 장성호가 윤영렬과 함께 지켜보고 있었다.

두사람을 본 토고는 고개를 숙이며 그들에게 인사했다.

그리고 토고를 포함해 몇 명의 후보가 연설을 하는 모습이 신문의 기사와 사진 속에 담겼다. 혼슈와 시코쿠, 홋카이도에서 일본의 미래를 정하는 대통령 선거가 치러졌다. 그리고 일본 국민들이 투표를 하고 그 결과가 세상에 공개됐다. 일본 최초의 대통령 취임식이 이뤄졌다.

일본에 대한 통치권이 조선 총독으로부터 새로운 대통령에게 넘겨졌다.

윤영렬이 토고와 악수를 이루면서 권력을 넘겼다.

"대통령이 단상 위에서 했던 연설을 기억하오. 나도 일본이 부국강병을 추구하는 것을 반대하지 않소. 그저 정의로운 나라가 되기를 소망하오."

"지난 과오를 후대에도 대대로 잘 가르치겠소. 10년 동안 일본을 위해서 고생해 준것에 감사를 표하오. 참으로 수고하시었소."

일본에서의 오랜 생활로 인해 윤영렬이 유창한 일본어 실력을 발휘했다. 그가 총독 임기를 마쳤고 곁에서 그를 도왔던 장성호도 할 일을 마쳤다. 토고와 악수하면서 양국의 미래에 번영이 있기를 소망했다.

"원하든 원하지 않던, 이웃이오. 다투면 외국이 좋아할 것이고 손을 잡는다면 함께 번영을 이룰 수 있소. 앞으로 대통령의 일본에 광영이 있기를 빌겠소."

"고맙소."

마지막 당부를 전하고 수고해달라는 말로 마지막 인사를 전했다. 그리고 윤영렬과 함께 조선으로 귀국했다.

그와 함께 2군단 장병들도 조선으로 주둔지를 옮겼다.

일본에는 오직 조선군 1개 사단이 남아서 명목상으로 일본 정부와 토고 정권을 지키겠다는 것을 세상에 알렸다. 돌아온 장성호가 부산에서 특별열차를 타고 한양으로 향했다. 오랜만에 열차 창문 밖으로 펼쳐진 조선의 풍경을 보게 됐다. 조선을 거미줄처럼 잇는 국도를 보면서 그는 흐뭇한 미소를 지었다. 도로 위로 포드퍼스트와 천마를 비롯한 승용차와 애리조나와 무얼실을라고와 같은 화물차들이 달리는 모습을 봤다.

한양으로 돌아와서 장성호와 윤영렬은 이희를 알현했다. 이희가 윤영렬에게 수고했다는 말을 했다.

"참으로 고생했다. 이제, 일본은 조선에 적대감을 가지지 않는가?"

"10년 동안 정조론을 주장하던 무리의 악함을 알리고 그들이 벌인 패악질을 일본 백성들이 알게 됐으니 더 이상 우리에게 반감을 가지지 못합니다. 오히려 지난 전쟁에서 복수하자고 주장했던 무리들을 일본 국민들이 알아서 토벌했던 적도 있습니다. 우릴 두려워하는 것보다 이등박문이나 산현유붕 같은 자들에 대한 분노가 큽니다. 이대로 몇

십년이 지나면 오늘 날의 일이 역사가 될 것이고 감정이 아닌 이성으로 그동안의 일이 여겨질 겁니다."

윤영렬의 보고를 듣고 이희가 고개를 끄덕였다.

그리고 그에게 휴식을 허락했다.

"2군단 전체에 한달 동안의 휴식을 명한다. 그리고 다시 이 나라를 지켜 달라."

"황은이 망극하옵니다."

황명을 전하고 장성호를 쳐다봤다.

"특무대신도 쉬어야 하지 않겠나."

이희의 물음에 장성호가 아니라고 말했다.

"할 일이 많습니다."

"어떤 일을 말인가?"

"군을 다시 살펴야 합니다. 적은 우리보다 강한 무기를 갖길 원하고 우리는 그보다 뛰어난 무기로 무장해야 됩니다. 황실과 백성들의 평안에 힘쓸 것입니다."

군부에서 일을 볼 것이라는 말을 전하고 휴가를 얻은 윤영렬의 눈치를 살폈다. 그리고 피식하고 웃으면서 다시 말했다.

"그 일을 끝내놓고 신도 쉬겠습니다."

그 말에 이희도 피식하면서 웃었다.

"그래. 그렇게 하라. 그리고 조선의 국방을 위해서 힘써 달라. 짐이 경을 믿겠다."

"황은이 망극하옵니다."

휴식과 일의 계획을 세우고 대궐에서 빠져나왔다.

윤영렬은 2군단이 주둔하고 있는 평안도로 향했고 장성호는 총리부로 향해 김인석과 박은성을 비롯한 동료들을 만났다. 그리고 조촐한 연회를 함께 하고 휴식 없이 곧바로 조선에서의 일을 살피기 시작했다.

육군참모총장이었던 유성혁이 군부대신이 됐다.

그와 함께 군 인사에 관한 것을 듣고 이야기를 나눴다.

육군사관학교에 입교한 특별한 인물이 있었다.

"김좌진?"

"예. 2년 전에 입교했고 지금은 초임장교입니다. 육군 1군단에 배치되었습니다. 그리고 지석규도 같은 군단에 배치됐습니다."

"지석규는 누구인가?"

"지청천입니다. 청천이라는 이름을 쓰게 된 것도 나라를 잃은 후에 있는 일이라 앞으로 청천보다는 석규로 사람들에게 알려질 겁니다. 무장독립투쟁을 벌였던 운동가들이 대거 입교했습니다."

"기질이 어디로 가진 않는군."

"어릴 때부터 만들어지는 성향이라 그런 같습니다."

나라를 위해 힘쓰길 소망했던 사람들이었다.

그 성정은 어릴 때부터 만들어지는 것이었기에 역사와 미래가 바뀌었다고 개인의 성향이 쉽게 바뀌지 않았다.

한사람은 청산리에서 조선을 침탈한 일본군을 궤멸시킨 위인이었다. 그리고 한 사람은 패망 직전의 일본으로부터 나라를 구하려고 했던 위인이었다. 조선의 미래가 바뀌면서 두사람은 조선군의 장교로 복무하게 됐다.

그리고 또 한 사람의 미래가 바뀌었다.

"노백린이 공군참모총장으로 내정되었군."

"평양에 개교한 공군사관학교에서 가장 우수한 성적으로 졸업했습니다. 사실상 가장 우수한 조종사이고 육군에 있을 때부터 뛰어난 지휘관이었습니다. 그래서 공군참모총장을 맡게 되었습니다."

"정위에서 대장으로 쾌속승진이군. 전투기 배치는 얼마나 되었나?"

"200기입니다."

"라이트항공사에서 생산하나?"

"예."

"라이트 형제의 반대는?"

"없었습니다. 어차피 이름만 라이트항공이지, 소유는 조선이고 국영기업입니다. 그리고 우리가 미국과 동맹을 맺었기에 전투기를 미국에서도 개발할 수도 있어서 크게 반대하지 않았습니다. 돕는다면 제 형님의 회사를 도울 겁니다."

정성호는 인사 배치와 공군 편성에 관한 문서를 확인했다. 그리고 1급 비밀로 봉인된 상자를 열어 안의 문서를 확인했다. 봉인지를 뜯고 봉투 안에 담긴 문서들을 살폈다. 그 문서 안에는 조선의 미래가 담겨 있었다.

[목록]

1. 개인화기, 지원화기, 방어구, 장구류, 박격포, 견인포 계획 및 설계도.

2. 장갑차, 전차, 자주포, 다연장포, 수송차량 계획 및 설계도.

3. 전투기, 급강하폭격기, 뇌격기, 전술폭격기, 폭탄류 계획 및 설계도.

4. 전함, 순양함, 구축함, 수상함, 잠수함, 지원함, 상륙함, 항공모함 계획 및 설계도.

5. 방어전술, 공격전술, 교리.

"1950년까지, 저희가 살아 있는 동안에 세운 계획과 설계도입니다. 적이 강한 무기로 무장하면 더 강한 무기로 무장해서 조선을 지킬 겁니다."

독일제 마우저 소총을 조선에서 생산하고 프랑스제 화포와 영국제 기관총을 생산해서 군을 무장시켰다. 이후 열강의 항의와 견제로 더 이상 그들 무기를 생산할 수 없었다. 대신 M1소총과 MP40기관단총, MG3기관총, K6중기관총, 60mm박격포, M101화포를 새로 개발하고 생산 전력화 시켰다. 한 삼식 소총과, 오식 기관단총, 육식 기관총, 칠식 중기관총, 경박격포, 천둥이식 견인포라는 제식명을 얻었다.

그 뒤로 새로 개발되는 무기가 준비되고 있었다. 반자동 소총은 완전자동 소총으로 다시 태어나려고 했다. 그러나 그 시기는 오직 적이 동등하거나 이상의 무기를 지녔을 때였다. 앞으로 개발되는 무기를 확인하고 다시 상자 속에 문서를 넣었다. 봉인지로 상자의 테두리를 두르고 성혁에게 그것을 넘겨줬을 때였다.

군부대신 집무실에 전화벨 소리가 울렸다.

성혁이 직접 수화기를 들었다.

"군부대신입니다."

안에서 익숙한 목소리를 들었다.

—총리일세.

"예. 총리대신. 말씀 하십시오."

—긴급한 소식이라 이렇게 직접 연락했네. 청나라에서 긴급한 사태가 일어났네.

"혁명입니까?"

—그것을 유발하는 사건이 일어났지. 그런데 문제가 생겼네. 그것은…….

통화하던 성혁의 미간이 잔뜩 좁아졌다.

그의 표정 변화를 장성호가 유심히 살폈다.

통화 끝에 성혁이 고개를 끄덕였다.

"알겠습니다. 미리 대비하겠습니다."

—특무대신에게도 알려주게.

"예. 총리대신."

그리고 수화기를 내렸다.

장성호가 성혁에게 물었다.

"드디어 시작됐나?"

"예. 그런데 문제가 생겼습니다."

"어떤 문제?"

"우리 백성들이 피해를 입었습니다. 성도에서 총독군이 시위대를 진압하다가 성도를 벗어나지 못한 우리 백성들을 살해했습니다. 시위대에서 시신을 수습했다고 합니다."

성혁의 보고에 장성호의 표정이 일그러졌다. 앞으로 있을 청나라의 일을 대비했다. 그래서 청나라에서 장사를 하고 거주하고 있던 조선인들의 안전에 대해서 신경을 썼다.

그럼에도 불상사가 일어났다.

불운으로 벌어진 사고에도 책임을 반드시 물어야 했다.

그것이 순리이며 질서였다. 청나라와 중국의 역사에 예정에 없던 변수가 생겨났다. 그것은 조선이었다.

신조선전기

신해혁명

항쟁을 겨눈 총성이 울려퍼졌다. 그 총성에 수많은 사람들이 피를 흘렸다. 하지만 그 피에서 더 큰 분노가 태어났다. 그것은 천하를 발 아래로 두는 오만함에 대한 분노이자 응징의 의지였다. 성도에서 철도 국유화에 대한 반대를 외치는 시위대가 무력 진압된 뒤, 더 큰 시위대가 일어나서 목소리를 높였다.

그리고 그 시위대는 총독군의 무기고를 급습해 무장을 하고 총독군과 교전을 벌이기 시작했다. 분노의 함성이 사천 하늘을 다시 메우기 시작했다.

"압제를 벌이는 만주족의 개를 몰아내자!"

"와아아아~!"

탕! 타탕! 탕!

"총독부를 점령해!"

수에서 앞선 무장시위대가 진압군이었던 총독군을 짓이겼다. 명령을 따라 총격을 가하던 장병들을 죽였다. 무기를 버리고 두팔을 든 장병들에겐 견착대로 폭행을 가하면서 쌓여있던 분노를 풀었다. 그리고 진압 명령을 내린 조이풍을 사로잡았다. 시위대가 그를 붙잡아 총독부 마당으로 끌고 나왔다. 피투성이가 된 늙은 조이풍은 벌벌 떨면서 자신을 감싼 시위대를 돌아봤다.

그리고 애원하듯이 말했다.

"나… 난… 황명을 따른 죄밖에 없네… 그러니… 부디……."

탕!

"개자식! 카악! 퉤!"

시위대가 쏜 총탄에 조이풍의 머리가 관통됐다. 뇌수를 흘리며 쓰러진 조이풍에게 시위대가 침을 뱉고 발길질을 가하면서 그의 시신을 엉망으로 만들었다. 그리고 옷을 벗기고 총독부 앞의 나무 기둥에 매달아서 분노한 군중이 돌을 던질 수 있게 만들었다.

조이풍이 숨진 사실은 곧 북경으로 전해지게 됐다.

섭정을 벌이는 애신각라 재풍이 불안에 떠는 가운데 총리인 혁광이 진압을 주장했던 성선회를 불러들였다.

그리고 그에게 대응을 물었다.

"사천성 총독이 반란을 일으킨 백성들에게 살해당했네!

자네가 진압을 주장한 결과, 이렇게 되었어! 이제 어찌 해야겠는가?!"

성선회가 식은땀을 흘리면서 단호하게 말했다.

"다시 진압해야 됩니다! 그렇지 않으면 철도 국유화를 이룰 수 없습니다! 무엇보다 국내에 숨죽이고 있는 반란 세력들에게 경고를 보이셔야 됩니다! 군을 투입해서 패역한 무리들을 진멸하셔야 됩니다!"

그의 대답을 듣고 재풍이 혁광에게 물었다.

"사천성의 반군을 진압할 수 있는, 가장 가까이에 있는 황군은 어디에 있소?!"

"우창입니다!"

"우창의 황군을 당장 사천성으로 보내시오! 반군을 진압하고 수괴 놈들을 반드시 처형시켜야 할 것이오! 황제 폐하께 근심을 드려서는 절대 아니 되오!"

"알겠습니다!"

자식인 황제를 지키고자 했다. 민란이 중원 전체로 번져서 나라가 망하고 군주가 죽임을 당하는 역사가 숱하게 있었다. 그리고 그 역사가 자식인 부의의 시대에서 벌어지지 않게 하려고 했다.

황실 종친인 혁광이 우창의 군사들에게 사천에서 봉기한 반란군을 진압하라고 명했다. 우창의 군사가 서쪽으로 움직이기 시작했다. 사천은 예로부터 촉이라 불리는 땅이었고 중원에서 촉으로 들어가는 길은 역사 고래로 험준한 길이었다. 절벽에 박힌 나무가 잔도가 되어 유일한 길이 되었다. 그 위로 소총으로 무장한 군사들이 진군했다.
잔도 절벽 위에 반군이 있었다.
"만주족의 개다! 모조리 죽여라!"
팅! 타탕! 탕!
"큭!"
"적습! 응전하라!"
타탕!
"크악!"
협곡에서 총성이 크게 울려퍼졌다. 기습공격을 받던 우창군의 후방에서 급보를 전하기 위한 전령이 달렸다.
파발마가 후방의 본대에 도착해 선봉이 패한 사실을 전했다.
"뭐야?! 매복한 반군이 있었다고?!"
"예! 장군!"
"벌써 거기까지 반군이 진격했단 말인가?! 유일한 진격로인데 이렇게 봉쇄당하면……!"
그러나 급보는 하나만 있는 것이 아니었다.
패전 보고를 받고 충격을 빠졌을 때, 우창에서 달려온 파발마가 군 지휘부에 도착했다. 전령의 보고를 부관이 받았고 부관은 납빛이 된 얼굴로 상관에게 보고했다.
그의 목소리에 다급함이 담겨 있었다.
"우창이 적에게 넘어갔습니다!"
"뭐… 뭐라고? 어째서?!"
"아군이 출진하기를 기다린 것 같습니다! 주둔지가 사라

졌습니다, 장군!"

"맙소사!"

출진한 우창군이 갈 길을 잃었다. 그리고 우창군이 있어야 할 곳에서 반군이 크게 일어나면서 우창성 일대를 삽시간에 장악했다.

1911년 10월 10일이었다. 우창 신군부 공병 8대대와 그 외 장병들, 사관생도들까지 반군에 가담했다.

우창 총독부를 혁명파가 점령하면서 만주족 황실을 폐하는 결의가 세상 널리 알려졌다. 반군의 지도자는 '송교인', '왕정위', '황흥'이었다. 광저우에서 혁명을 시도했다가 실패했던 자들이었다. 그들은 다시 의지를 다졌다.

"더 이상의 실패는 없소. 오직 성공으로만 결과를 내야 하오. 손선생에게는 연락을 했소?"

"했소."

"오기까지 얼마나 걸리겠소?"

"못해도 미국에 있으니 최소 2개월은 걸리지 않겠소? 손선생이 오기 전까지 우리가 혁명의 기반을 다져야 하오. 이제부터 청 황실은 중원에서 무너질 거요."

예감이 좋았다. 광저우에서의 실패와는 달리 우창을 완전히 점령하고 사천에서도 봉기가 일어난 상태였다.

그리고 청나라 각지에 민중 봉기가 수시로 일어나고 있었다. 그들 모두를 규합하고 황실에 반역한 군을 흡수하면 어쩌면 중원을 만주족으로부터 되찾고 북경까지 진격할 수 있을 것이다.

또한 반군인 혁명군에게 좋은 소식이 있었다. 그것은 비극적인 일이었지만 그들에겐 분명히 희소식이었다.

송교인이 왕정위와 황흥에게 말했다.

"사천에서 조선인이 총독군에게 죽었고 총독군의 만행을 사진으로 확보해 시신과 함께 조선에 넘겨줬으니 곧 응답이 있을 것이오. 청조는 조선을 언제나 업신여겼으니 어쩌면 우릴 도와줄 지도 모르오. 이 기회를 살려야 하오."

송교인의 주장에 두사람이 고개를 끄덕였다. 그리고 목숨을 걸고 만주족으로부터 중원을 구하겠다는 의지를 깊이 새겼다. 긴 천에 새로운 나라의 국호가 쓰여 있었고 네 개의 글자가 사람들의 눈에 들어왔다.

국호를 정할 때의 일이 떠올랐다.

"새 나라는 오직 한족의 나라여야 합니다. 그리고 한족 백성들에게 권력이 있어야 하며, 백성을 위한 나라여야 합니다. 삼민, 그것이 앞으로 우리가 추구해야 할 이념이자 정의입니다."

의사 한명이 처음 동지들에게 말했을 때 그를 믿지 않았다. 그러나 보면 볼수록 그의 진심은 진실이었고 한명의 백성조차 소홀히 하지 않았다.

그리고 검소했으며 타인을 위할 줄 아는 대인이었다.

말에 무게가 있었고 성품은 태산과 같았다.

할 줄 아는 것은 이념을 세우고 사람을 품는 것밖에 없었지만 그것만으로도 충분했다. 그가 바로 손문이었다.

미국에서 혁명을 위해 모금을 하고 있던 그가 돌아오기를 기다렸다.

그리고 그가 지었던 국호로 새롭게 나라를 세웠다.

'중화민국(中華民國)'.

혁명 후에 새롭게 건국될 나라였다.

세사람이 술잔을 비우며 감상에 빠졌다.

"마치 도원의 결의 같구만."

피보다 진한 전우애로 거사를 완성하고자 했다. 그리고 세상에 새로운 민권국가의 탄생을 알렸다. 우창에서 일어난 봉기가 북경으로 전해졌다. 그 소식을 들은 재풍이 크게 분노했다. 자식인 부의 앞에서 혁광을 힐난했다.

"중화민국이라니?! 반군 하나를 제압 못해서 어떻게 이런 참사를 낸단 말이오?! 우창 총독은 대체 무엇을 한 거요?!"

"총독부가 점령되기 전에 도주했소……."

"도주?! 이 자가 감히…! 반군을 진압하고 나면 그 자에게 죄를 반드시 물을 거요!"

"……."

우창을 포기한 총독에게 재풍의 분노가 향하고 있었다.

남쪽에서 일어난 난리를 어떻게 진압할지 골머리를 쓰고 있을 때였다. 태화전으로 외무부의 관리가 급히 입전해 보고를 전했다.

"전하."

"무슨 일인가?"

"황성에 조선의 사신이 도착했습니다. 전하를 뵙길 원하고 있습니다."

"조선이……?"

천진에 조선의 사신이 도착했다는 보고를 들었을 때 무슨 일로 왔는지 그 이유가 심히 궁금했다. 사신을 정전으로 들이라고 지시를 내렸다. 용상 뒤쪽 아래에서 6살 황제인 재풍이 장난감을 가지고 놀고 있었다.

태화전에 들어온 사신이 부의에게 허리를 굽히며 인사했다.

"대조선국 부총리 이범진이 청국 황제 폐하를 알현하나이다."

역관의 통역을 듣고 재풍이 인상을 굳혔다.

장난감을 가지고 놀던 부의는 아비인 재풍을 바라봤다.

재풍이 앞으로 나섰다.

그리고 그에게 사신이 목례로 인사했다.

재풍이 이범진에게 무슨 일로 왔는지 물었다.

"조선에서 무슨 일로 사신을 보낸 것이오? 그것도 고관인 부총리가 말이오?"

그의 물음에 이범진이 말없이 품에 있던 봉투를 꺼냈다. 그리고 재풍에게 넘겨줬다. 재풍이 봉투를 열어 안을 살피자 그 안에 사진이 있었다.

사진을 훑던 재풍의 동공이 크게 확장됐다.

"이… 이건……?"

이범진이 엄한 목소리로 말했다.

"사천에서 우리 백성이 살해당했소. 확인된 수만도 30명이 넘소. 그 중에 어린아이만 5명이오. 사진을 보면 알겠지만 우리 백성을 살해한 자들은 모두 청국군이오."

"어… 어떻게… 이것을……?"

"날조라고 우리에게 주장하지 마시오. 여러 경로를 통해 우리 백성들이 희생당한 사실을 검증했소. 그리고 시신 중 일부를 수습했소. 아직 백성들에게 밝히지 않았지만 청나라 조정에서 어떻게 대응하느냐에 따라, 우리의 대응을 정할 것이오. 이제 묻겠소. 폐하와 우리 조정에 어떻게 사과를 표하고 배상할 것이오? 사과는 마땅히 만천하에 알려져야 할 것이오."

"……."

"어떻게 사과하겠소?"

"……."

충격이 너무나도 커서 몇 번이나 사진을 들여다봤다. 사진 속에 태극기가 걸린 집이 피투성이가 돼 있었고 그 집에 남녀의 시신과 아이의 시신이 있는 것을 확인했다.

그리고 조선 상인의 가게를 불태우는 모습과 그것을 말리는 조선인을 폭행하고 사살하는 모습이 사진에 담겼다. 반군의 날조라고 말하고 싶었다. 그러나 그것만으로 살기 가득한 시선으로 노려보고 있는 이범진의 분노를 녹일 수 없을 것 같았다. 재풍이 손을 떨다가 사진을 떨어트렸다. 그것을 혁광이 주워서 살피다가 심히 놀랐다. 두사람의 머릿속이 크게 복잡해졌다.

'반역자 놈들이 준동한 때에 하필!'

'어쩌다가 속국 놈들이 이 순간에 우릴 능멸한단 말인가!'

대국이 된 조선이 오만하게 보였다. 이범진을 통해 조선이 청나라와 동등한 나라가 되었다는 것을 인정할 수 없었다. 아니, 억지로 인정하고 있었다.

그렇게 할 수밖에 없었다.

더 최악의 순간을 만들지 않고자 했다.

"얼마만큼의 배상이 이뤄지기를 원하오……?"

잔뜩 긴장한 모습으로 재풍이 물었고 이범진이 대답했다.

"1명당 황금 천냥씩 우리 조정에 일괄 지급하시오. 아국에서 태극명예훈장 수준의 연금을 추가로 배상해야 하며, 이 또한 청 조정에서 일괄적으로 배상하시오. 환율은 우리 환율을 따라야 하오. 우리 조정에서 유족에게 직접 배상하겠소."

배상금액이 상당했다. 30명가량이면 황금으로 3만냥이었다. 그리고 황금 천냥은 조선에서 최소한 3대의 부를 책임질 수 있는 금액이었다. 거기에 유족을 위한 연금까지 청나라 조정에서 책임져야 했다. 그 정도는 되어야 조선 조정에서 백성들에게 입장이 설 수 있었다. 그리고 이범진은 그 요구에서 결코 물러나지 않으려고 했다.

혁광이 나서서 이범진과 직접 협상을 치렀다.

"조선의 배상 요구를 받아들이겠소. 하지만 이는 불상사

이고 조정 차원에서 만방에 사과 공표를 할 수준의 사안은 아니라고 보오. 우리 조정의 체면을 생각해 주시오."

혁광의 사정 설명에 이범진이 고개를 가로저었다.

"열강이라면 이 일을 두고 침략의 기회를 삼았을 것이오. 자국민들을 보호하겠다는 논리로 군대 주둔을 요구했을 거요. 그에 반해서 우리는 오직 배상과 사과만 요구하는 것이오. 그렇게 해서 불상사를 잘 마무리 지으려는 것인데, 청국 조정은 어째서 체면부터 찾으려는 것이오? 설마하니 대국이나 조선의 상국으로서의 체면을 말하는 것이오?"

"……."

"마땅히 배상하고, 사과하고 다시는 이와 같은 일이 일어나지 않도록 방지해야 할 것이오. 시위대를 진압하기 이전에, 우리 백성들부터 먼저 피신시켰어야 했소."

차분한 어조였지만 매서운 호통이었다.

이범진의 호통에 두사람이 인상을 잔뜩 찌푸렸다.

그리고 재풍이 불끈하면서 언성을 높였다.

"보자보자 하니, 가관이군. 불운한 일을 트집 잡아서 대청국의 국위를 깎으려 하는가?"

그리고 이범진이 언성을 높였다.

"모름지기 대국이라면, 잘못을 인정할 때도 시원하게 하는 것이오. 그렇지 않소? 청나라가 대청제국이라면 말이오. 조선이었다면 바로 잘못을 인정했을 거요."

조선과 비교하면서 심기를 건드렸다.

두사람은 또 한번 분노하면서도 대국으로서의 배포를 보

이고자 했다. 혁광이 이범진에게 말했다.
"…조선 조정에 사과를 표하겠소."
이범진이 다시 요구했다.
"배상은 아국 조정에서 대신 받아줘서 전할 수 있지만, 공식적인 사과만큼은 아니오. 청나라 조정에서 피해자와 유족에게 직접 해야 하오."
"이자가 감히……!"
"그게 아니라면! 피해자와 유족이 제대로 들을 수 있도록 공개 사과해야 할 것이오! 이 자리에서 우리가 요구하는 것은 절대 협상 꺼리가 아니오! 잘못을 저지른 청나라 조정에서 반드시 해야 할 것들을 우리가 알려주는 것이오! 이 중 하나가 빠져도 우리는 사과로 인정하지 않겠소!"
"……!"
"어찌 하겠소?!"
재풍과 혁광을 압박했다. 이범진은 그들에게 사과를 요구하면서 장성호가 했던 말을 떠올렸다. 반군으로부터 받은 사진을 확인한 장성호는 분노했다.

"최소한의 요구인 만큼 절대 양보해서는 안 됩니다."

청나라 조정의 대답을 기다렸다. 그리고 재풍이 이를 갈면서 대답했다.
"배상 외에는 어느 것도 들어줄 수 없다!"
그로써 길이 정해졌다.

"지금부터 모든 책임은 청나라 조정에서 지게 될 거요. 후회를 해도 이제는 엎질러진 물이니 주워 담을 수 없을 거요."

수행원들과 함께 이범진이 등을 돌렸고 태화전에서 나갔다. 그 모습을 보고 재풍이 기막혀 했다.

"속국 놈들이 감히!"

장난감을 가지고 놀던 부의가 힐끔힐끔 쳐다봤다.

혁광 또한 크게 분노하면서 주먹을 쥐었다. 그러면서 한편으로 조선이 어떻게 나올지에 걱정이 되었다. 이범진이 천진으로 돌아가 배를 타고 조선으로 돌아갔다.

그리고 장성호와 김인석, 이희가 청나라 조정의 대답을 전해 들었다.

협길당에서 이희가 분노하며 손으로 탁자를 내려쳤다.

"괘씸한! 감히 잘못을 저질러 놓고도 그것을 사과하지 않고 인정조차 하지 않겠다는 것인가?! 만약 청나라가 망한다면 그 오만함 때문일 것이다! 짐은 청 조정에 대한 보복을 원한다!"

김인석과 장성호에게 물었다.

"어떻게 해야 짐의 백성들을 위해 뼈아프게 보복할 수 있겠는가?!"

그리고 장성호가 담담하면서도 무겁게 말했다.

"중화민국을 세운 반군을 지원해야 됩니다."

"군으로 지원할 수는 없는가?!"

"우리 백성들이 피신할 시간이 필요합니다. 그때까지 청나라에 있을 우리 국민들이 청국군에게 해를 입을 수 있습니다. 은밀히 반군을 지원하시고, 청나라 사정에 따라 유연하게 대처하시면 될 것 같습니다. 그리고 이 일에 관해서 백성들에게 알려지는 것은 혼란이 가중될 수 있기에 청 조정이 무너진 후에 알리셔야 된다고 사료됩니다. 잘 마무리되면 결국 백성들이 폐하와 조정을 더욱 깊이 신뢰할 것입니다."

"경의 말이 지당하다! 허면, 우창에서 봉기한 반군을 지원하라! 짐이 백성들을 대신해 분노할 것이다!"

"황명을 받들겠습니다. 폐하."

합당한 배상과 최소한의 유감 표명만 해도 수습될 수 있는 문제였다. 그러나 청나라 권력자들은 체면을 가장 중요한 문제로 여겼다. 그 후과를 온전히 책임져야 했다.

이희의 명을 받고 협길당에서 세 사람이 나왔다.

장성호가 종이쪽지 하나를 이범진에게 넘겨줬다.

"뭡니까? 이것은?"

"반군에게 우리가 전할 요구사항입니다. 폐하의 황명으로 돕더라도 공짜로 도와줘서는 아니 될 것입니다."

쪽지를 펼쳐서 안의 내용을 확인했다.

내용을 살피면서 이범진의 눈썹이 몇 번이나 움직였다.

그리고 물었다.

"이 조건도 양보 없이 모두 받아냅니까?"

장성호가 대답했다.

"협상할 수 있는 부분은 앞에 별점을 그려 넣었습니다.

그 외에는 절대 양보해서는 안 됩니다. 적어도 고토만큼은 돌려받아야 합니다."

"알겠습니다."

북쪽 압록강 너머에 드넓은 고토가 있었다. 그 땅은 만주족에게 성지로 여겨졌지만 조선의 성지이기도 한 땅이었다. 그 땅을 반드시 받아내야 했다.

그런 사명을 안고 이범진이 쪽지를 품에 넣었다.

대궐에서 나가는 이범진의 뒷모습을 보면서 김인석과 장성호가 이야기를 주고받았다.

"이번 기회를 잘 살려야 하는군."

"어차피 반드시 성공하는 혁명입니다. 밥상이 차려졌는데 숟가락을 올리지 않을 이유가 없습니다. 몇 백년이 지나도 못 찾을 성지를 이 기회에 반드시 찾아야 합니다. 우리 민족의 고토를 찾을 때가 왔습니다."

어쩌면 유일한 기회일 수도 있었다. 혁명의 결과를 이미 알고 있었고 그 기회를 반드시 살리고자 했다.

이범진이 다시 배를 타고 서해를 도해했다.

이번에는 영국이 청나라로부터 조차한 홍콩을 경유해 광저우로 향한 뒤, 중화민국이 세워진 우창으로 갔다.

천군이 직접 육성한 특임대가 이범진을 경호했다.

마침내 그가 중화민국을 세운 혁명 지도자들을 만났다.

송교인과 왕정위, 황흥과 차례대로 악수하면서 인사했다. 이범진이 세사람에게 감사를 표시했다.

"우리 백성들의 시신을 수습해줘서 고맙소. 자유와 공정을 열망하는 혁명군 덕분에 우리 조정에서 이 사태를 바로 보고 누가 잘못을 저질렀는지 알 수 있었소. 청국 조정에 반드시 책임을 물을 것이오."

조선 부총리의 사의에 세사람이 환하게 웃었다.

그리고 송교인이 조심히 입을 열었다.

"그 책임을 물을 수 있게 우릴 도와주시오."

군 지휘를 맡은 황흥이 군사 지원을 요구했다.

"북경을 점령할 수 있게 도와주시오. 조선에서 군대를 파병 해준다면, 중화민국은 조선과 혈맹이고 앞으로도 함께 미래를 논할 수 있다고 생각하오. 그리고 오만한 청조와 다르게 조선을 업신여기지 않을 것이오. 형제국일 것이나 두 나라 중 어느 한 나라가 형이 되진 않을 거요. 부디 우릴 군사적으로 도와주시오."

두사람의 요구에 이범진이 난감한 표정을 지었다.

"아국에서 군대 파병을 하게 되면 청조가 점령하고 있는 땅에서 우리 백성들이 위험에 빠지게 되오. 때문에 군대를 파병할 순 없소. 참으로 미안하오."

"그런……."

실망 가득한 표정이 역력했다.

송교인이 다시 이범진에게 청했다.

"그러면 무기 지원이라도 해주시오. 싸우는 것은 우리가 하겠소. 비록 우리에게 가담한 신군이나 군벌이 있지만, 무기와 탄약은 언제나 부족하오. 부디 도와주시오. 제발, 부탁하오."

애원하는 송교인의 부탁에도 이범진은 쉽게 지원을 허락하지 않았다. 한참동안 눈을 감고 고민하다가, 결정을 내렸는지 눈을 뜨고 세사람을 번갈아 쳐다봤다.

그리고 조심스럽게 입을 열었다.

"도울 수는 있소. 단, 조건이 있소."

기대를 나타내며 왕정위가 물었다.

"어떤 조건이오?"

"산해관 이북 영토인 만주를 우리에게 넘겨줘야 하오."

"뭐… 뭐요?"

"정확히는 돌려받는 거요. 조선의 대외국호는 대고려제국인만큼 고려의 의지를 이었고 고구려의 의지를 이었소. 고구려 영토가 요동과 요서, 만주인만큼 그 땅을 우리에게 돌려줘야 하오. 이것이 첫번째 조건이오."

"……!"

이범진의 조건 제시에 세사람의 표정이 단번에 굳었다.

만주가 얼마나 넓은 영토인지 알고 있었다. 청나라 영토 전체를 중화민국의 영토로 삼으면 그 땅을 떼어 달라는 것과 의미가 같았다. 함부로 땅을 넘겨줄 수 없었다.

그러나 바로 거부할 수도 없었다. 그것이 첫번째 조건이었기에 두번째 조건도 듣고자 했다.

떨리는 목소리로 황흥이 물었다.

"두… 두번째 조건은 무엇이오?"

이범진이 조건을 알려줬다.

"중화민국의 정체성을 세상에 널리 알리고 기록해서 만

대 후손에게까지 전하는 것이오. 조선에서 알기로 중화는 한족을 뜻하고, 그 한족을 세상에 중심에 놓는 것으로 알고 있소. 그렇다면 중화민국은 한족의 나라가 아니오?"

"그렇소."

"그렇다면 한족의 영토만을 다스려야 하지 않겠소? 만주는 만주족의 영토요? 한족의 영토요? 아니면 조선의 영토요? 고구려에서 갈라져 나온 청조와 조선이 영토싸움을 벌였지만, 요서와 요동, 만주는 절대 한족의 영토가 아니오. 그것을 우리가 마땅히 돌려받겠다는 것이오. 참으로 이치에 합당하지 않소?"

"……."

첫번째 조건과 관련이 있는 조건이었다. 이범진의 주장에 세사람은 어떤 말로도 반박할 수 없었다.

입을 닫고 한참을 생각하다가 왕정위가 물었다.

"혹, 세번째 조건도 있소?"

"있소."

"어떤 조건이오?"

"한족의 땅 외에 모든 땅과 민족을 독립시키는 것이오. 그것이 정의로운 결정일 것이오."

그것이 마지막 조건이었다. 세번째 조건을 듣고 세사람이 환장할 것 같은 표정을 지었다.

쉽게 결정을 내리지 못했다.

"시간을 줄 수 있겠소? 사안이 매우 중요해서 함부로 결정했다간 겨우 하나로 모인 혁명군이 깨질 수 있소. 모인

사람 수만큼이나 생각도 다르오."

"이해하오. 결정이 되면 이야기 해주시오. 홍콩에서 기다리겠소."

"……."

무기 지원을 미끼로 고토 수복에 나섰으나 바로 그것을 성취하지 못했다. 아쉬워하기는 이범진이 훨씬 더 컸다. 그러나 아쉬운 마음을 드러내지 않고 순리에 맡기고 안전한 곳으로 피신했다.

그리고 홍콩에서 혁명군의 대답이 오기를 기다렸다.

이범진이 떠난 뒤 황흥이 송교인에게 말했다.

"무기 지원이 반드시 필요하오."

그 말에 송교인이 고개를 끄덕이면서도 감당할 수 없다고 말했다. 그 문제를 감당할 사람은 따로 있었다.

"손선생이 와야 하오. 손선생만이 어떤 결정을 내려도 혁명군을 하나로 합칠 수 있소."

손문이 오기를 기다렸다. 그리고 그의 대답을 듣고 결정을 내리고자 했다. 그 사이 혁명군의 세력이 더욱 커지게 됐다. 우창의 혁명군에 가담하고자 청나라 각 성지에서 군벌들이 들고 일어서고 만주족을 내쫓아야 한다는 외침에 목소리를 더했다. 이에 청나라 조정이 이끄는 황군이 크게 밀리기 시작했다.

송교인을 비롯한 혁명군 지도층은 조선의 도움이 필요 없겠다는 생각을 하게 됐다. 그리고 자금성으로 연일 패전 보고가 전해졌다. 보다 못한 태후가 재풍과 혁광을 앞에 두고 큰 소리로 해결책을 요구했다.

청나라가 곧 무너질 것 같았다.

"황군이 놈들에게 가담하고 있소! 이러다가 대청국 망국이 되겠소! 어떻게 좀 해 보시오!"

태후의 외침에 섭정과 총리가 인상을 굳힌 채 아무 말도 하지 못했다. 이미 해결책을 알고 있었다.

그러나 그 해결책만은 절대 쓰고 싶지 않았다.

참다못한 태후가 직접 해결책을 제시했다.

"북양대신에게 반군을 진압하라고 명하시오!"

"하오나 북양대신만큼은……!"

"어서! 그가 지휘하는 군사들만이 지금의 난국을 타개할 수 있소! 무슨 수를 쓰더라도 그를 움직이시오!"

"아… 알겠습니다… 태후마마……!"

"어떻게 이런 일이…! 이런 때에 우전부대신은 대체 어디로 갔단 말인가?!"

철도국영화로 촉발된 사태였다. 그 시작을 알린 성선회가 조정에 보이지 않았다. 정분이 그를 찾으면서 책임을 물으려고 했다. 그리고 내관이 성선회의 행방을 알아봤다. 그가 어디에 있는지 알고 화들짝 놀랐다.

그리고 그를 찾는 태후에게 알려줬다.

무거운 음성이 내관의 입에서 흘러 나왔다.

"태후마마……."

"뭔가?!"

"우전부대신의 행방을 알았습니다."

"어디에 있는가?!"
"그게……."
다른 내관이 대신 대답했다.
"아라사로 도주했다 합니다."
"뭐… 뭐야?!"
"아무래도 반군의 기세를 보고 겁에 질려 도망친 것 같습니다. 참으로 송구합니다. 마마……."
"어떻게… 이 자가 감히……!"
깊은 배신감을 느꼈다. 그러나 성선회를 붙잡을 수도, 그에게 책임을 물을 수도 없었다.
그저 분노하며 도망친 성선회에게 저주를 퍼부었다.
그사이 산동성의 북양대신에게 연락이 닿았다.
일본과의 전쟁에서 패했지만 수십년 동안 훈련된 정예군의 힘을 빌리려고 했다. 북양군 사령부에서 전화벨 소리가 울려퍼졌고 사령관이 직접 전화를 받았다.
"북양군 총사령 원세개요."
—총리, 애신각라 혁광이오.
"무슨 일이오? 총리대신?"
—나라가 위급한데 군을 움직이지 않아서 직접 연락했소. 어서 장군이 지휘하는 군대로 반군을 진압하고 토벌하시오.
"흠……."
—어찌 대답하지 않는 거요?
입가에 피어난 미소가 지워지지 않았다.

뜸들이던 원세개가 여유 넘치는 목소리로 혁광에게 말했다.

"북양군은 외세의 침략을 대비하는 부대요. 함부로 움직일 수 없소."

—이보시오! 지금 황명을 전하는 것이오! 그런데 복종하지 않겠다는……!

"그런 부대를 움직이는 것인데, 어찌 공짜로 움직일 수 있겠소? 당연히 보상이 있어야 하지 않겠소? 내게 말이오. 그렇지 않소?"

—미친 거요?

"이해를 못하는 것 같아서 단도직입적으로 이야기 한 것이오. 대청국 관직 중 최고 관직을 내게 넘기시오. 그러면 고려해 보겠소."

—이보시오! 북양대신!

턱!

"아쉬운 게 어느 쪽인데. 후후후."

전화를 끊은 원세개가 진하게 웃었다. 곧 청나라 조정이 자신에게 굴복할 것이라고 생각했다. 지난날의 기억이 머릿속에서 사진처럼 지나가고 있었다.

"북양대신."

"예. 전하."

"나는 무술년에 변법운동을 주장하는 무리들 속에 북양대신이 있었다는 것을 기억하오. 비록 강유위와 양계초를

비롯한 죄인들을 우리에게 밀고해줘서 고맙기는 하지만, 나는 북양대신이 선황 폐하에 대한 충성심으로 행한 것이 아닌 출세를 위해서 한 것임을 알고 있소. 그러니 조심하시오. 절대 조정을 배신하지 마시오. 알겠소?"

"예… 전하……."

"가보시오."

섭정인 재풍에게 불려가 경고를 받았던 적이 있었다. 그리고 후에 재풍이 자신을 죽이려 했다는 것을 알았다.

그때부터 그의 목표는 출세가 아닌 권력의 정점이 되었다. 그것만이 유일한 해결책이었다.

누구도 범접할 수 없는 권력을 가지고자 했다.

'황실과 조정을 위해 개처럼 일했던 나를 이런 식으로 대우해?! 언젠가 네놈들이 내 손에 요절나는 때가 있을 것이다! 반드시 말이야! 그러니 살고 싶다면 지금이라도 머리를 숙여!'

잘 숙성된 값비싼 와인을 사령실에서 마셨다. 그리고 전화가 오기를 기다렸다. 한시간 쯤 지났을 때 책상 위에 있던 전화기에서 벨소리가 울려퍼졌다.

그리고 원세개가 받았다.

"북양대신이오."

안에서 울먹이는 혁광의 목소리가 들렸다.

—북양대신의 제안을… 받아들이겠소… 총리를 맡아주시오…….

"알겠소. 하지만 임명을 받기 전까지는 절대 군대를 움직이지 않겠소. 빨리 총리 임명장을 보내시오."

—알겠소…….

전화를 끊고 원세개가 크게 웃었다.

"크하하하하! 드디어로군! 드디어 청국이 내 손에 들어왔어! 크하하하하!"

통쾌함을 만끽하며 빈 잔에 다시 술을 채웠다. 홀로 축배를 올리고 총리 임명을 위한 관리가 오기를 기다렸다.

그는 총리에 임명되자마자 청나라 정예군을 움직이기 시작했다. 대군이 집결한 연병장 단상 위에서 원세개가 크게 외쳤다.

"우리는 누구인가?! 바로 외세로부터 나라와 백성을 지키기 위한 정예군이다! 작금에 천하에 도적떼가 일어나 약탈과 방화를 일삼고 있으니! 이는 외세를 이롭게 하는 행위요, 백성을 나락으로 빠트리는 죄다! 우리는 국적을 반드시 소탕할 것이다! 전군 출정하라!"

함성과 함께 원세개의 북양군이 움직이기 시작했다. 십수만 군사들이 진군하면서 남쪽으로 향했고 북진하던 혁명군과 마주쳐서 교전을 벌이기 시작했다. 화포가 불을 뿜었고 맥심 기관총이 총탄을 쏘아 날렸다.

모든 무기에서 앞서며 훈련도에서도 앞선 북양군이 혁명군을 압도했다. 그리고 남쪽을 향해 돌격하기 시작했다. 일선 중대장들이 소총을 크게 외쳤다.

"중대! 나를 따르라! 돌격!"

"돌격억~! 와아아아아~!"
탕! 타탕! 탕!
"반란군을 궤멸시켜라!"
천리길을 두고 총성을 일어났다. 북양군은 혁명군을 계속 패퇴시켰다. 그리고 그 소식이 우창의 혁명군 사령부에게 전해졌다. 신군과 각 지역의 군벌이 힘을 합쳤지만 원세개의 북양군이 철저하게 우세했다. 전황이 급속도로 나빠지면서 혁명군 지도부에 암운이 감돌게 됐다.
송교인이 이를 물면서 분통을 터트렸다.
"한족인 북양대신이 만주족의 편을 들다니! 어떻게 이런 일이!"
"북양대신의 권력욕을 우리가 계산에 넣지 않았소."
"하늘도 무심하시지! 이리 우리를 버리실 수 있단 말이오! 참으로 통탄할 지경이오!"
왕정위와 함께 분루를 삼키면서 말했다. 이어 황흥이 전황을 알렸다.
"북양군의 위세가 대단하오. 지금 상태로 계속 싸움을 벌이다간 우리의 혁명은 반드시 실패에 이르게 되오. 지원이 필요하오."
다시 왕정위가 말했다.
"조선에게 도움을 받는 것이 어떻겠소?"
송교인이 반대했다.
"지금 버티는 것만으로도 힘든데 우리가 독단으로 결정을 내려 군벌들이 떠나간다면 반드시 실패하오. 조선의 제안을 조건을 수락하고 도움을 받을 수 없소.”

“그러면 다른 나라로부터의 도움은…….”

“그랬다간 중원 전체가 외국의 손에 넘어갈 거요. 조선보다 더 악한 나라들이 즐비하오. 어떻게든 버텨야 하오.”

궁지에 몰린 채 한줄기 빛을 소원했다.

‘이 자리에 손선생만 있었어도…….’

‘손선생이 조선의 제안을 받아들인다면 혁명군이 분열 될 일도 없어.’

‘언제 오는 것이오! 손선생!’

청나라 조정의 폭정에서 민족주의(民族主義), 민권주의(民權主義), 민생주의(民生主義)를 세웠던 손문이 오기만을 기다렸다. 오직 그만이 생각이 다른 혁명군 전체를 하나로 유지할 수 있었다. 그리고 그의 결정을 온전히 믿을 수 있었다. 간절한 바람으로 그를 기다리고 있을 때 지도부 밖에서 말을 탄 파발마가 급히 달려왔다.

파발병이 헉헉거리면서 급보를 전했다.

“손선생께서 오셨습니다!”

“저… 정말인가?!”

“예! 장군!”

“오오……!”

세사람이 일제히 일어났다. 황흥이 특히 흥분하는 모습을 보였다. 잠시 후,. 회의실 문이 열리면서 양복을 입은 사람이 안으로 들어왔다.

그는 손문이었다. 혁명군에서 그토록 기다리던 사람이었

다. 황흥이 손문의 손을 잡았다.

"손선생!"

"황장군."

"참으로 손선생이 오기를 기다렸소! 잘 와줬소! 아아……!"

부둥켜안고 서로의 전우애를 느꼈다. 그리고 왕정위와 송교인과도 악수하고 끌어안으면서 반가워했다.

송교인이 손문의 행색을 살폈다.

"전보다 살이 빠진 것 같소."

손문이 웃으면서 자신의 옷과 몸을 만졌다.

"배 멀미를 해서 며칠은 굶기도 했습니다. 하지만 지금은 괜찮습니다. 앞으로 우리 동포와 함께 풍족하게 먹을 수 있으니 말입니다. 만주족을 몰아내고 온 나라에서 연회를 여는 겁니다."

불리한 전황에서도 중심을 잡아주는 이가 나타나자 만인의 얼굴에 미소가 서렸다. 반가움과 함께 어떻게든 할 수 있다는 생각이 들었다. 황흥이 전황을 알려주고자 했다.

"상황을 알려주겠소."

손문이 손을 들면서 이미 알고 있음을 알려줬다.

"오는 동안 상황을 들었습니다. 그리고 한달 전에 조선 부총리가 와서 조건을 걸고 도와주겠다 한 것도 말입니다."

"어떤 조건인지 알고 있소?"

"예. 알고 있습니다. 그리고 저는 그 조건을 받아들여야 한다고 생각합니다. 조선의 지원이 없으면 지금의 난국을 타개하기 힘듭니다. 단, 지원을 더 많이 받아야 합니다."

"더 많은 지원이라면, 군대 파병을 말이오?"

"그렇습니다. 파병 요청을 위해 시급히 조선의 부총리를 만나야 합니다. 지금 바로 연락해주십시오."

손문이 이범진을 만나기를 원했다.

곧바로 홍콩으로 연락이 닿았고 그곳에 머물고 있던 이범진이 직접 우창으로 가서 손문을 만났다.

악수하면서 손문이 이범진에게 인사했다.

"조선제국 부총리대신을 뵙게 되어 영광입니다. 반갑습니다. 중화민국 임시 대총통 손문입니다."

"만나게 되어서 반갑소."

"사태가 급박한 만큼 바로 본론부터 말하겠습니다. 한가지 물을 것이 있는데 부총리대신께 협상에 관한 전권을 가지고 계신지요?"

"전권을 가지고 있소."

"그렇다면 부총리께서 말씀하신 조건, 수용하겠습니다. 대신 저희들도 좀 더 큰것을 얻겠습니다."

"어떤 것을 말이오?"

"청 조정과 북양군에 선전포고를 해주십시오. 그것만으로도 지금의 전황이 나빠지지 않을 것입니다. 그것이 첫번째입니다."

"……."

손문의 요청에 이범진이 잠시 생각했다. 혁명군을 다시

만나기 전까지 꽤 많은 시일이 지났다. 그동안 외부에서 이룬 것이 있었다. 그것은 조선 백성들의 피신이었다.

생각을 끝내고 대답했다.

"좋소. 선전포고를 하겠소. 두번째는?"

"우창에 최소 1개 사단을 파병해 주십시오. 그리고 국경 부근으로 군을 배치해주시기 바랍니다. 언제든지 청군과 북양군을 공격할 수 있도록 말입니다. 전황이 지금보다 악화되면 바로 공격해주시기 바랍니다. 어차피 만주는 조선 땅입니다."

"그리 하리다. 그러면 세번째도 있소?"

"없습니다."

"알겠소. 조선으로 돌아가는 즉시 바로 조치를 취하겠소."

"감사합니다. 조심히 돌아가시길 빌겠습니다."

"그럼."

협상을 이루고 이범진이 자리에서 나섰다. 그리고 손문과 혁명군 지도부가 그를 배웅했다. 멀어지는 이범진을 보면서 희망을 보게 됐다.

"됐어! 드디어 조선의 지원을 얻게 되었어!"

"이제 만주족 놈들과 원세개의 뒤통수를 치기만 하면 됩니다!"

"고생하셨습니다! 손선생!"

이미 혁명을 이룬 것 같았다. 일본을 꺾고 자동차로 유럽을 뒤흔든 조선의 국력이라면 청나라를 충분히 상대할 수 있을 것이라고 생각했다.

거기에 혁명군이 전열을 정비해서 북상한다면 반드시 승리를 이룰 것이다. 지난날에 동지들이 죽었던 순간이 머릿속에서 떠올랐다.

"손선생!"

"무슨 일입니까?"

"섬 대인과 방 대인이 처형당했다고 합니다!"

'뭐… 뭐라고요?!'

'서태후와 조정 대신들이 의회를 용납하지 않겠다고 합니다! 동지들을 계속 체포하고 있습니다! 손선생!'

의술을 배우다가 서양의 정치체제를 배웠다. 서양 나라들 중에 영국처럼 의회를 운영하는 나라가 있었다.

그는 청나라를 영국과 같은 나라로 만들고 싶었다.

그리고 한족의 목소리를 높이고 싶었다. 청나라가 중원 제국을 표방한 만큼 마땅히 한족의 정치 참여도 있어야 한다고 생각했다. 그래서 청나라를 입헌국으로 바꾸려고 했다. 그러나 만주족 지도층은 그것을 허용하지 않았다.

그들의 탐욕을 손문과 동지들이 바로 보게 됐다. 손문은 동지들의 죽음에 피눈물을 흘리면서 크게 분노했다.

"이 나라에서 다수를 이루는 우리에게 조금도 권력을 나누지 않겠다는 겁니다! 이렇게 되면 우리는 식민에 불과합니다! 절대 청조와 만주족을 용서하지 않을 겁니다!"

청나라가 만주족의 나라라는 것을 서태후가 보여줬다.

그로인해 그들을 축출하는 것만이 한족을 위한 일이라고 생각했다. 죽은 동지들을 위해 쉼 없이 달렸고 이제 그 결실을 맺는 듯했다. 모두가 감격해 하며 마지막 싸움을 준비하려고 할 때 손문이 동지들에게 말했다.

오직 그만이 할 수 있는 말이 입에서 나왔다.

"북양대신을 설득합시다."

"예?"

"조선군의 지원이 이뤄진다면 청조도 청조지만, 북양군이 궁지에 몰리게 됩니다. 그때 북양대신에게 우리 편에 서 달라고 말할 수 있습니다. 북양군이 있어야 중화민국을 지킬 수 있습니다. 지금은 조선의 힘을 빌리지만, 나중에는 그들과 대결을 벌일 수도 있습니다. 피해를 최소화 시켜야 합니다."

"……."

손문의 주장에 혁명군 지도자들이 생각에 잠겼다. 당장 교전을 벌이고 있는 원세개와 한편이 된다는 것이 꺼림칙했다. 하지만 그가 하는 말이 정론이었다.

조선의 지원이 더해진다 하더라도 북양군과 맞서 싸우게 되면 결국 상당한 피해를 입을 수밖에 없었다.

후에 조선과 맞설 수도 있었고 무엇보다 약해진 나라는 서구 열강에게 갈기갈기 찢겨지기 쉬웠다.

송교인이 손문에게 물었다.

"직접 갈 것이오?"

손문이 대답했다.

"임시 대총통인 제가 가야 해결 될 문제입니다."

"그러면 손선생이 설득해주시오. 손선생에게 모든 것을 맡기겠소. 부디 그를 우리 편으로 돌리시오."

혁명군의 희망이 손문의 손에 달려 있었다. 그가 동지들에게 인사했고 우창을 떠나 북쪽으로 발걸음을 옮기기 시작했다. 며칠 뒤 태화전으로 조선의 사신이 도착했다.

조선의 선전포고가 전해지자 청나라 조정이 발칵 뒤집어졌다. 사신이 나간 뒤 재풍이 손을 떨었다.

"지금 내가 들은 것이 맞소…? 우리에게 전쟁을 선포한다고……."

"맞습니다… 전하……."

"어떻게 이런 일이! 조선 따위가 감히 우리에게 전쟁을 선포해! 우리 뒤통수를…! 으윽!"

"전하! 전하……!"

"허억… 허억……."

충격에 재풍이 주저앉았다. 내관이 놀라서 그에게 달려왔고 혁광 또한 달려와서 재풍을 붙들었다.

크게 두려워하며 재풍이 혁광의 관복을 끌어잡았다.

"이제 어찌하면 좋소…? 조선을 상대로 이길 수 있겠소…? 북양군이 있다곤 해도……."

"이길 겁니다……."

"이길 수 있겠소?"

"예… 반드시 그렇게 되어야 합니다… 그렇지 않으면 우리 모두가 죽습니다… 조정을 지키기 위해서 반드시 이겨

야 합니다…….”

긴장과 두려움이 청나라 조정에 가득했다.

그에 관한 소식은 이내 원세개에도 전해졌다.

조선이 선전포고를 한 사실을 듣고 크게 분노했다.

“어떻게 감히! 조선이 중원에 간섭한단 말인가?!”

“반군이 요청한 것 같습니다…….”

“매국노 놈들! 외세를 배척하자는 놈들이 조선을 끌어들이다니! 개같은!”

일어서서 사방을 향해 소리쳤다. 하지만 분기를 가라앉혀 이성을 되찾고 곧바로 명령을 내렸다.

“반군에 대한 공세를 중단하라고 지시를 전해! 지금 상태에서 더 남진하면 조선놈들에게 뒤통수를 얻어맞을 거다! 어서!”

“알겠습니다!”

“속국 놈들이 감히…! 중원 제국을 상대로 전쟁을 선포하다니!”

조선의 선전포고에 두려워하고 긴장해야 한다는 사실이 믿기지 않았다. 그가 약관을 넘기고 30세가 되기 전까지 조선은 군란이 일어나 혼란 중에 있었다.

그는 조선에 주둔하면서 무소불위의 권력을 휘둘렀다.

그의 말 한마디에 조선의 운명이 바뀔 수 있었다.

작고 허약하여 씹으면 곧바로 씹힐 것 같았던 나라가 이제는 중원 대국을 상대로 선전포고까지 했다.

지금의 상황이 전혀 실감이 나지 않았다.

그러한 때에 보고를 위해 장교가 들어왔다.
"장군!"
"또 뭔가?!"
"반군 수괴가 사령부에 왔습니다!"
"뭣이?!"
"손문이 장군을 뵙길 청하고 있습니다!"
손문이 왔다는 말에 원세개가 자신의 귀를 의심했다. 그렇다고 자신의 부하가 허위보고를 하진 않았을 것이다.
자신을 왜 만나고 싶은지 무슨 말을 하고자 하는지 알아야 했다.
"들여보내!"
"예!"
마침내 북양군 사령실에서 원세개와 손문이 마주했다.
원세개에게 손문이 목례했다. 하지만 원세개는 그를 원수 보듯이 쳐다봤다. 곧바로 용무를 물었다.
"대역죄인이 토벌군 사령관인 날 만나려 하다니, 죽으려고 작정했군!"
"북양대신을 구하기 위해 왔습니다."
"뭣이? 감히 날 구하겠다고? 정말 내 손에 죽기 위해서 온 것인가?! 감히?!"
원세개는 권총을 꺼내 손문을 원세개가 조준했다.
그러나 손문은 눈 하나 깜짝하지 않았다.
그리고 차분하게 입을 열어서 말했다.
"장군."

"그 입 다물라! 죽여버리기 전에!"

"조선이 선전포고를 한 것을 알고 있을 겁니다. 때문에 이대로 우리와 대적하시면 앞으로 망하게 되는 청조와 같은 운명의 배를 타게 됩니다. 어째서 그 배에 계속 타고 계십니까?"

"내게 항복하라는 것인가?!"

"그렇게 받아들이신다면 받아들이셔도 됩니다. 하지만 저는 좀 더 대승적인 것을 장군께 말씀드리려고 합니다."

"뭘 말인가?!"

"청국은 이제부터 망국이 됩니다. 때문에 지금부터 이뤄지는 싸움은 새롭게 탄생되는 나라의 국력을 갉아 먹을 것입니다. 인민의 피해를 야기할 것이고 그 피해가 커질수록 외세가 새 나라를 노릴 겁니다. 저는 북양군이 정말로 인민을 위한 국군으로 거듭나기를 원합니다."

"국군이라고……?"

"그렇습니다. 새롭게 세워질 중화민국의 국군, 국민을 지키는 북양군. 그 군대의 사령관이 되어주시길 바랍니다. 이에 대해서는 어떻게 생각하십니까?"

"……."

"장군의 지휘권으로 북양군의 총구를 청조에 겨눠주십시오. 그러면 모두가 살 수 있습니다."

"……."

손문의 제안을 받고 원세개의 눈동자가 흔들렸다.

그를 조준한 권총은 이내 거두어졌다. 원세개는 한참동

안 손문을 노려보며 고민하기 시작했다.

그의 머릿속에서 수 싸움이 벌어지고 있었다.

'지금의 상황을 이용해 나를 도구로 써서 손쉽게 승리하려고 하다니! 의원이라지만 진실로 반군을 통솔할 만큼 큰 인물이다! 이런 자가 반군의 수괴란 말인가?!'

손문의 인물됨을 보고 자신의 운명을 가늠했다.

'이대로 싸우면 반드시 죽는다! 그러나 이 자 편에 서면 당장은 살아남아도 나중에 가서 결국 죽게 된다! 토벌군의 사령관인 날 살려둘 리 없어!'

당장 '죽느냐, 나중에 죽느냐'였다. 그리고 그 문제를 해결할 수 있는 유일한 방도를 찾았다.

그 방도를 실현시킬 수 있는 것은 손문이라는 사람이 새 나라를 얼마만큼 아끼는 지에 달려 있었다. 그러한 판단으로 자신의 모든 것을 걸고 길을 뚫으려고 했다.

원세개가 손문에게 제안했다.

"항복하도록 하지. 단, 조건이 있다."

"어떤 조건입니까?"

"네놈의 지위를 내게 넘겨라. 이것은 신뢰에 관한 문제다. 네놈이 날 이용하기만 하고 죽이려 한다면 나는 당연히 마지막까지 싸우고, 네놈이 원하는 판을 엎어버릴 것이다. 설령 패하더라도 최악의 피해를 입혀서 이 전쟁을 난장판으로 만들 것이다. 그러나 네놈이 정녕 새 나라를 위하고, 백성을 위하고자 한다면, 마땅히 네놈도 욕심을 버려야 할 것이다."

"……."

"네놈은 나라와 백성을 위해 얼마만큼 내어줄 수 있는가?"

"……."

원세개의 제안에 손문이 생각에 잠겼다. 눈을 감았다가 뜨면서 결연한 의지를 세웠다. 그리고 원세개에게 말했다.

"저에게 주어진 대총통의 위를 넘기겠습니다. 단, 제가 장군께 드리는 말씀을 들어주셔야 됩니다."

"얼마든지 말하라. 대총통이 되는데 무슨 말인들 못 듣겠는가? 얼마든지 말해보라."

대총통을 넘긴다는 말에 원세개의 입꼬리가 귀에 걸렸다. 손문이 심호흡을 하고 진중하게 원세개에게 말했다.

"혁명이 끝나면 중화민국의 대총통 임기는 5년으로, 딱 한번의 연임만 할 수 있게 됩니다. 그것을 천하에 알릴 것이며 장군께서는 그 임기를 어기실 수 없을 겁니다. 만약에라도 정해진 임기 이상의 권력을 누리려고 한다면……."

"……."

"장군께서는 분명히 편안한 여생을 보내시기 힘들 겁니다. 제가 아니라, 중화민국의 인민이 들고 일어 설 테니 말입니다. 이것은 장군께 경고하고 협박하는 것이 아니라, 앞으로 10년 간 중화민국을 통치하는 통수권자를 위한 조언으로 여겨주십시오. 이를 마음에 깊이 새겨주실 수 있겠습니까?"

원세개의 탐욕을 잘 알고 있었다. 그가 새 나라를 위해서 더 큰 욕심을 부리지 않길 바랐다. 그 말을 들은 원세개가 굳은 표정을 짓다가 이내 풀면서 미소 지었다.

"유념하지. 조언에 감사한다."

"그러면 제가 대총통의 위를 드리겠습니다."

미래를 위해 함께 힘을 모으기로 했다.

손문은 대총통의 위를 넘겨줬고 중화민국의 미래를 원세개가 지켜줬다. 곧바로 참모를 불러들여서 명령을 내렸다.

"지금부터 청조를 상대한다! 대세를 받아들이고, 북경을 포위해서 백성을 평안케 한다! 이를 전군에 전하라!"

"예! 장군!"

남쪽으로 향하던 총구와 포구가 북쪽으로 향했다.

청나라 조정과 함께 궁지에 몰렸던 북양군이 청 황실을 배신하면서 북경과 자금성을 포위했다.

그리고 원세개와 손문이 재풍을 만났다.

그에게 최후통첩을 전하고 손문이 직접 협상에 나섰다.

"항복해서 황제가 퇴위한다면, 적어도 청 황실을 상대로 죄를 묻지 않겠소. 그리고 어린 황제의 사정을 감안해 당분간 자금성에서 지낼 수 있도록 배려해 주겠소. 그러니 이제 그만 국위를 넘기시오."

손문의 경고에 재풍이 눈물을 흘렸다.

분노어린 시선으로 원세개를 노려봤지만 더 이상 소용없는 일이었다.

두사람의 협박을 결국 따를 수밖에 없었다.

"태후마마께… 말씀 드리겠소……."

재풍은 힘없이 북경을 점령한 북양군 사령부에서 떠났다. 그리고 자금성으로 돌아와 태후인 정분에게 협상 결과를 알렸다. 그녀는 혼절을 하고 말았다.

내관과 궁녀들이 크게 당황했다.

"태후 마마!"

자식인 부의 앞에서 재풍이 무릎을 꿇었다.

"송구합니다! 참으로 송구합니다! 신이 죽을죄를 지었습니다! 흐흑! 흐흐흑……!"

청나라를 상징하는 황룡기가 땅에 떨어졌다.

그리고 다섯 군벌들의 연합을 알리는 오색기가 북경성에 오르면서 새 나라의 문이 활짝 열어 젖혀졌다.

그로부터 한달이 지났다. 비단이 수놓아진 화려한 식장이 차려졌다. 제복을 입은 원세개가 신문기자들 앞에 섰고 그들에게 위풍당당하게 말했다.

"오늘의 일은 역사에 길이 남을 것이오. 잘 찍으시오."

"예! 총통 각하!"

불빛이 번쩍이면서 청 황제에 대한 충성을 상징하는 변발이 잘려 나갔다. 그로써 원세개가 중화민국의 대총통이 되었고 한족의 영토를 다스리기 시작했다. 그리고 산해관 북쪽의 넓은 영토가 약속대로 조선에게 넘어왔다.

조선 백성들은 뒤늦게 그 사실을 알았다.

신문 전면에 대서특필이 되면서 백성들이 가판대에 있던 신문을 사고 바닥을 내버렸다.

신문을 읽다가 사천에서 조선인들이 피해를 입었다는 사실에 크게 흥분했다.

"역시 사실이었어! 그 소문이 말이야! 동포가 청나라에서 피해를 입었어!"

그리고 반군을 지원하는 것으로 청나라를 보복하고 고토를 되찾은 사실을 통쾌하게 생각했다.

갓을 쓴 선비들이 손을 떨면서 눈물을 흘렸다.

"만주를… 되찾았어…! 고구려 시절의 우리 땅을 되찾다니…! 어떻게 이런 일이……!"

"조선의 예전 땅을 되찾았어!"

"이제 우리도 영토 넓이로 보면 대국이야! 비극적인 일은 안타깝지만, 이렇게 고토를 되찾은 조정 대신들이 너무나도 대단해! 폐하의 황은이 만주까지 미치게 됐어!"

"대조선제국 만세! 황제 폐하, 만세!"

"만세! 만세! 와아아아~!"

종로에서 환호가 크게 울려퍼졌다.

그 외침이 육조거리와 경복궁의 하늘 위에도 전해졌다.

신해혁명이 올 것이라는 것을 알고 있었고 그에 관해서 미리 예측을 하고 여러 계획들을 세웠다. 그리고 그 중 필요한 계획들을 적재적소에 써서 결국 만주라는 고토를 되찾았다. 나아가 중화민국의 정체성에 못을 박았다.

'중화'라는 단어를 쓰면서 다민족 국가를 주장하는 모순을 지웠다. 그것으로 향후에 이웃나라에 행패를 부리는 중국의 미래를 지웠다.

과거로 온 후손들은 그 결과에 매우 만족해했다.

총리부에서 김인석이 장성호를 기다렸다. 이희를 만난 장성호가 집무실에 들어오자 김인석이 물었다.

"폐하께서는 어떠하시던가?"

김인석의 물음에 장성호가 환하게 웃었다.

"매우 기뻐하십니다. 선조들을 볼 낯이 있다고 환하게 웃으셨습니다."

"우리도 그래. 만주를 되찾으니 참으로 뿌듯하군. 당분간 경사가 이어지겠어."

"예. 총리대신."

"곧 만주 개발에도 나서야겠군."

"요동반도 근해와 요하강 하류에 유전이 있으니 조선의 발전에 크게 도움이 될 겁니다. 그리고 새로운 영토를 지키기 위해서 주둔지도 옮겨야 할 것 같습니다."

"할 일이 많군."

"예. 총리대신."

"유 과장에게도 이를 알리도록 하게."

"예. 알겠습니다."

함께 기쁨을 나누고자 했다. 일을 마치고 집에 돌아온 장성호가 통신기를 통해 성한과 연락했다.

중화민국의 성립과 만주를 되찾았다는 말에 성한이 매우 기뻐했다.

무엇보다 중화민국의 정체성이 명확하게 세워졌다는 것

에 대해서 크게 만족했다. 중국의 행패는 그 정체성을 부정하는 것에서부터 시작됐다.

—한족의 나라에 한족의 영토를 다스린다고 명확히 기록을 남겼군요. 그러면 더 이상 다른 민족의 땅을 차지할 수 없을 겁니다.

"티벳과 위구르, 남쪽의 묘족의 영토까지 모두 독립시켜야 합니다. 그 중재를 우리가 할 수 있도록 추진하려고 합니다."

—원세개라면 쉽게 들어주지 않을 겁니다.

"그래도 명분이 없으니 조금씩 끌려갈 수밖에 없습니다. 무엇보다 몇 년 후에 그가 가진 욕심으로 황제를 칭하게 될 테니 말입니다. 손문과 협상을 치를 겁니다."

—행운이 있길 바랍니다. 그리고 2년 뒤에 있을 재앙을 막아주기 바랍니다. 지금 상황에선 오직 우리밖에 막지 못합니다. 조선의 국익을 지키고 정의를 지켜주시기 바랍니다.

"최선을 다하겠습니다."

—다음엔 제가 연락을 드리겠습니다.

교신을 끝내고 서로의 건승을 빌었다.

청나라가 무너지고 중화민국이 세워졌지만 앞으로 많은 사건이 기다리고 있었다.

방에서 나서며 장성호가 중얼거렸다.

"1차 세계 대전을 막아야 하는군……."

2년 뒤에 있을 대사건을 미리 대비해야 됐다.

그 사건은 총성 한발로 일어나는 1차 세계 대전이었다.

유럽에 진출해 있는 미국 회사와 조선 회사가 크게 피해를 입을 수 있었다.

백성을 지키기 위해, 성한이 대주주로 있는 미국 기업들을 위해 불가피한 선택을 해야 했다. 총성이 대전을 일으킨다면 그 총성을 막으면 될 일이었다. 역사가 예정대로 흘러가는지 지켜봤다.

2년 동안 조선은 만주 개발에 나섰고 백성들의 이주 장려와 육군의 주둔지를 옮기면서 고토를 진정한 영토로 삼았다. 그리고 성한은 미국에서 여전히 사업을 벌였다.

생산단가에서 US오일이 스탠더드 오일을 앞섰고 결국 스탠더드 오일은 이전에 다른 회사들이 겪었던 운명을 똑같이 맞이하게 됐다.

경영난에 휩싸이면서 파산에 내몰렸고 사장인 록펠러에게 US오일의 사장이 손을 내밀었다.

* * *

US그룹인 US인더스트리 사옥의 꼭대기 층.

록펠러가 사장실에서 회장인 스탠리 조지 하퍼를 만났다. 그리고 그로부터 약속을 받았다.

하퍼는 예전에 록펠러로 인해서 실패를 맛봤다.

그의 입가에 승자의 미소가 서려 있었다.

"스탠더드 오일의 건물, 시설, 직원, 임금 등 모든 것을 우리 그룹에서 책임지겠소. 그러니 이만 경영에서 손을 떼시오. 그동안 수고했소.”

“…….”

착잡한 기분으로 악수를 했다. 그리고 회사를 US인더스트리에 넘기는 계약서에 서명을 했다.

그로써 록펠러의 스탠더드 오일은 역사 속으로 사라졌다.

계약서를 받은 하퍼가 록펠러에게 물었다.

“이제부터 뭘 할 것이오?”

“죽은 사람에게 어떻게 살 것인지 묻는 거요?”

“그래도 모은 돈이 있지 않소. 예전만큼은 아니겠지만 충분히 그 돈으로 뭔가 할 수 있지 않겠소? 안 그렇소?”

“…….”

“마침 록펠러 사장을 만나고 싶어 하는 사람이 있는데 만나보겠소? 사장에게 큰 도움을 줄 수 있을 것 같은데?”

“…….”

록펠러는 한참을 생각하다가 고개를 끄덕였다.

“만나보겠소. 누구요?”

록펠러의 대답에 하퍼가 굳게 닫혀 있는 문 쪽으로 시선을 옮겼다. 그러자 문이 열리면서 안에서 고급 양장을 입은 동양인이 모습을 드러냈다.

유성한이었다.

그는 ‘해리 존스’라는 미국식 이름을 쓰고 있었다.

그가 록펠러에게 손을 내밀었다.

“US인더스트리의 해리 존스입니다. 만나게 되어서 반갑습니다.”

“존 데이비슨 록펠러요…….”

어리둥절한 시선으로 하퍼를 쳐다봤다.

하퍼는 성한의 신분을 알려줬다.

“우리 회사의 대주주요. 주식의 9할을 가지고 있소. 이 사실은 비밀이오.”

“……?!”

성한의 신분을 안 록펠러가 동공을 크게 키웠다. 그리고 그를 상대로 성한이 길을 알려줬다. 그것은 어쩌면 세계 최고의 부자가 되는 것보다 값진 일이었다.

성한은 그가 본래 걸었어야 할 길을 알려줬다.

“이제부터 자선 사업을 벌이시는 게 어떻겠습니까? 비록 스탠더드 오일은 인수되었지만, 록펠러 사장의 재산은 더 크게 쓰일 수 있습니다. 그동안 억눌러왔던 선함을 되찾는 겁니다. 그것으로 하나님께 돌아갈 수 있습니다.”

크리스천인 록펠러에게 가슴을 뒤흔드는 말을 전했다.

그 말에 록펠러가 고개를 떨어트리며 눈물을 흘렸다.

그가 성한에게 길을 알려달라고 말했다.

“그렇게 하겠소. 내게 주님께 돌아갈 수 있는 길을 알려주시오. 부탁하오…….”

참회하고 회개하며, 새롭게 탄생했다.

성한이 록펠러에게 사회적으로 존경을 받을 수 있는 길을 알려줬다.

록펠러는 재단을 차리면서 병원과 의학 연구소를 세웠다.

그리고 교회와 학교를 설립하면서 개신교인으로서의 삶에 최선을 다했다.

뉴욕 리버사이드에 교회가 있었고 록펠러가 자신의 재산으로 주위의 건물을 사들였다. 그리고 교회에 기증을 하여 장애를 가진 사람들을 보살피게 했다.

성한과 석천이 리버사이드 교회 옆 건물의 식당을 찾았다. 그곳에서 석천이 이상한 것을 느꼈다.

종업원들의 상태가 이상하게 보였다.

"음?"

"왜 그럽니까?"

"여기… 종업원들이… 혹, 지적장애인들입니까?"

"아, 조금 살펴줘야 할 친구들입니다. 그래도 서빙 정도는 할 수 있는 친구들이라서 이렇게 일감을 주고 정당하게 삯을 지불하고 있습니다. 우리는 이 친구들과 함께 더불어 살 것입니다."

수용소 같은 곳에 장애인들을 가두지 않고 그들의 능력을 발휘하게 했다.

이로써 장애인들을 자립할 수 있게 도우며 더불어 사는 길을 열었다.

말투가 어눌하고 모자라게 보이지만 순수하게 보이는 덩치 큰 남자가 성한과 석천에게 와서 어떤 음식을 주문할 것인지 물었다.

성한은 점심 세트 두개를 주문했다.

남자는 메뉴지 앞에 동그라미를 그리고 조리장 입구 앞에 종이를 떼서 올려뒀다.

그리고 이번에는 여자종업원으로부터 음식을 받았다.

처음에 어색했지만 익숙해지자 주변에 사는 주민들도 어려운 친구들의 사정을 이해했다. 그리고 식당에서 웃으며 음식 주문을 하고 식사를 했다.

장애를 가진 친구들과 함께 사업을 이루는 식당 주인이 환하게 웃고 있었다.

그때, 문이 열리면서 손님이 들어왔다.

손님을 본 주인이 크게 놀랐다.

"록펠러씨!"

록펠러가 식당을 찾아왔고 주인과 악수했다.

그리고 한쪽 테이블에 앉아 있는 성한을 발견했다.

그를 보고 환하게 웃으면서 고갯짓으로 인사했고 성한도 머리를 살짝 기울이며 인사했다.

석천이 록펠러의 얼굴을 보고 받은 느낌을 말했다.

"무척 밝아 보입니다."

"어떻게 하면 상대를 이길지 생각하지 않아도 되니 말입니다. 어쩌면 인류 역사에서 가장 복 받은 사람인지도 모릅니다."

역사에 기록된 수명만 90세 이상이었다.

그러나 오래 살고 조 단위에 이르는 재산을 모은 것보다, 어려운 사람들을 돕는 것만큼 빛나는 인생이 없었다.

본래의 역사에서도, 바뀌어버린 역사에서도 록펠러는 아름다운 여생을 보내고 있었다.

그리고 그 길을 성한이 열어주고 지켜봤다.

음식을 모두 먹고 식당의 벽에 걸린 달력을 확인했다.

사람들은 모를 그와 석천만이 아는 특별한 날이 있었다.

"오늘이군요."

"예. 오늘입니다."

1914년 6월 28일이었다.

보스니아의 사라예보에서 총성이 울려퍼질 예정이었다.

그리고 그 총성이 천군에 의해서 막히기를 기대했다.

고풍스런 건물이 채워져 있는 시가지에 사람들이 나와서 크게 환호하고 있었다.

사람들 사이로 오스트리아—헝가리 제국 황태자 부부가 탄 차가 지나가고 있었다.

황태자 '프란츠 페르디난트 폰 외스터라이히에스테' 대공이 사람들에게 손을 흔들면서 환하게 웃었다.

차가 큰 광장에서 방향을 꺾으려 할 때였다.

사람들 사이에서 청년 하나가 튀어 나왔고 차 앞으로 뛰어들어서 황태자인 패르디난트를 향해 권총의 총구를 조준했다.

곧 방아쇠가 당겨질 것 같았고 그를 본 페르디난트가 숨을 삼켰다.

멀리서 침묵의 총성이 크게 울려퍼졌다.

청년이 권총을 떨어트렸고 주위의 사람들이 크게 놀랐다.

그의 가슴에 큰 구멍이 생겨나 있었다.

"페르…디난트…! 으윽……."

곧 그는 피를 흘리며 앞으로 쓰러져서 숨을 거뒀다.

황태자를 지키는 근위대가 달려 나왔고 청년의 시신을 살피기 시작했다.

황태자비를 끌어안으면서 보호하던 페르디난트가 가슴을 쓸어내렸다.

그리고 수백미터 밖의 건물 옥상에서도 가슴을 쓸어내리는 자들이 있었다.

우종현과 대원들이 페르디난트를 죽이려 했던 저격범을 죽였다.

범죄가 일어나지 않았기에 범인이라고 말하기에도 뭐했다.

레일 저격총으로 저격수인 정운이 상황을 살피고 있었다.

뒤에서 우종현이 물었다.

"공범은?"

"보이지 않습니다."

"그렇다면 무사히 1차 세계 대전을 막았군. 10분 동안 자리를 지키다가 철수한다."

"예. 대장님."

이승현이 안도의 한숨을 쉬면서 말했다.

"그래도 다행히 미국에 있던 분대에 총탄이 조금 남아 있어서 다행입니다. 이렇게 요긴하게 쓸 수 있으니 말입니다."

"그러게 말이야."

"돌아가서 빨리 쉬었으면 좋겠습니다."

페르디난트 황태자의 죽음으로 일어나는 1차 세계 대전을 막았다.

종현과 대원들은 다소 긴장을 내려놓고 안심하게 됐다.

웃으면서 서로에게 이야기했고 그러면서 10분 동안 페르디난트 주위를 주시했다.

군중이 웅성거리고 있었고 오스트리아—헝가리 제국 근위대가 통제하고 있었다.

곧 페르디난트가 피신하는 모습이 보였다.

조만간 상황 종료가 이뤄질 것 같았다.

그때 페르디난트에게 달려드는 사람이 있었다.

"우측."

"발견했습니다."

철컥!

"탱고 다운."

공범이 저격되고 주위의 사람들이 두리번거렸다.

그러나 황태자의 안전이 우선이었기에 계속 피신하기 위해서 걸음을 옮겼다.

바로 그때였다.

“황태자 페르디난트를 처단하라!”
“와아아!”

“……?!”
그 함성은 대원들이 있는 곳까지 들릴 지경이었다.
이내 총격전이 벌어지기 시작했고 시가지가 엉망으로 변하기 시작했다.
저격총을 쥔 정운이 다급하게 외쳤다.
“뭡니까? 이건?! 예정에 없던 일입니다!”
“황태자에게 근접하는 놈들을 죽여!”
“예!”
방아쇠를 몇 번이나 당겼다.
그리고 다시 다급히 외쳤다.
“이런! 한놈 놓쳤습니다! 저놈을 잡아야……!”
탕! 탕!
“잡혔다! 근위대 놈들이 잡았습니다!”
쾅!
“맙소사……!”
놓친 범인을 오스트리아 근위대가 잡아줘서 다행이라고 생각했다. 그때 폭탄이 터지면서 검은 연기가 솟구쳐 올랐다.
시가지가 아수라장이 되었고 페르디난트가 있었던 곳이 새까맣게 변했다.
대원들의 눈동자가 떨리기 시작했다.

"실화냐? 이거……?"
최악의 순간을 맞이하고 있었다. 종현이 이를 꽉 물었다가 무전기를 켜면서 급히 보고했다.
작전은 실패였다.
"당소 특임대. 오스트리아 황태자가 죽었다. 반복한다. VIP 사망. VIP 사망……."
"망할……!"
엎드려 있던 정운이 몸을 일으키면서 욕설을 뱉었다.
그리고 곁에 있던 대원들에게 물었다.
"한놈이 아니잖아. 어떻게 된 거야?"
승현이 사라예보 사태에 관한 문서를 확인하고 알려줬다.
"역사에 기록되지 않은 놈들이야. 처음에 황태자가 죽지 않고 사는 바람에 그를 죽이려고 다른 무리들이 뛰어들었어. 우리가 예상할 수 없었던 놈들이야."
"빌어먹을!"
보고를 마친 종현이 인상을 굳힌 채 대원들에게 지시했다.
"철수한다."
"예. 대장……."
은밀하고도 신속하게 점령하고 있던 건물 옥상에서 재빨리 벗어났다. 그리고 며칠 만에 유럽을 떠나 앞으로 일어날 전화에서 벗어났다.
사가에 알려지지 않은 수많은 사람들이 있었고 그 변수는

미래 후손들이 예상하지 못했다.

결국 역사의 물줄기를 돌리지 못했고 크나큰 참사가 벌어지려고 했다.

그 참사는 인간의 욕심으로 일어나게 되는 원죄였다.

오만과 교만이 서로 충돌하기 시작했다.

〈다음 권에 계속〉